Tucholsky Wagner Zola Scott Sydow Freud Schlegel
Turgenev Wallace Fonatne

Twain Walther von der Vogelweide Fouqué Friedrich II. von Preußen
Weber Freiligrath Frey
Fechner Fichte Weiße Rose von Fallersleben Kant Ernst Richthofen Frommel
Hölderlin
Engels Fielding Eichendorff Tacitus Dumas
Fehrs Faber Flaubert
Eliasberg Ebner Eschenbach
Feuerbach Maximilian I. von Habsburg Fock Eliot Zweig
Ewald Vergil
Goethe Elisabeth von Österreich London
Mendelssohn Balzac Shakespeare
Lichtenberg Rathenau Dostojewski Ganghofer
Trackl Stevenson Doyle Gjellerup
Mommsen Tolstoi Hambruch
Thoma Lenz Hanrieder Droste-Hülshoff
Dach Verne von Arnim Hägele Hauff Humboldt
Reuter
Karrillon Garschin Rousseau Hagen Hauptmann Gautier
Defoe Baudelaire
Damaschke Descartes Hebbel
Hegel Kussmaul Herder
Wolfram von Eschenbach
Bronner Darwin Dickens Schopenhauer Rilke George
Melville Grimm Jerome Bebel
Campe Horváth Aristoteles Proust
Bismarck Vigny Barlach Voltaire Federer Herodot
Gengenbach Heine
Storm Casanova Tersteegen Gilm Grillparzer Georgy
Chamberlain Lessing Langbein Gryphius
Brentano
Strachwitz Claudius Schiller Lafontaine Kralik Iffland Sokrates
Katharina II. von Rußland Bellamy Schilling
Gerstäcker Raabe Gibbon Tschechow
Löns Hesse Hoffmann Gogol Wilde Gleim Vulpius
Luther Heym Hofmannsthal Klee Hölty Morgenstern
Roth Heyse Klopstock Kleist Goedicke
Luxemburg Puschkin Homer
La Roche Horaz Mörike Musil
Machiavelli
Navarra Aurel Musset Kierkegaard Kraft Kraus
Nestroy Marie de France Lamprecht Kind Kirchhoff Hugo Moltke
Laotse Ipsen Liebknecht
Nietzsche Nansen Ringelnatz
Marx
von Ossietzky Lassalle Gorki Klett Leibniz
May vom Stein Lawrence Irving
Petalozzi
Platon Knigge
Sachs Poe Pückler Michelangelo Kock Kafka
Liebermann Korolenko
de Sade Praetorius Mistral Zetkin

Der Verlag tredition aus Hamburg veröffentlicht in der Reihe TREDITION CLASSICS Werke aus mehr als zwei Jahrtausenden. Diese waren zu einem Großteil vergriffen oder nur noch antiquarisch erhältlich.

Symbolfigur für TREDITION CLASSICS ist Johannes Gutenberg (1400 — 1468), der Erfinder des Buchdrucks mit Metalllettern und der Druckerpresse.

Mit der Buchreihe TREDITION CLASSICS verfolgt tredition das Ziel, tausende Klassiker der Weltliteratur verschiedener Sprachen wieder als gedruckte Bücher aufzulegen – und das weltweit!

Die Buchreihe dient zur Bewahrung der Literatur und Förderung der Kultur. Sie trägt so dazu bei, dass viele tausend Werke nicht in Vergessenheit geraten.

Fräulein Muthchen und ihr Hausmeier

Louise von François

Impressum

Autor: Louise von François
Umschlagkonzept: toepferschumann, Berlin

Verlag: tredition GmbH, Hamburg
ISBN: 978-3-8424-0740-4
Printed in Germany

Fräulein Muthchen und ihr Hausmeier

Der Regen strömte am 30. April des blut- und wasserströmenden Jahres 1813, als zwei Meßbesucher hastig das Ranstädter Tor in Leipzig passierten und im vorstädtischen Gasthof »Zur Laute« das Anspannen ihres Fuhrwerks bestellten. Die Runde hatte sich verbreitet von einem gestern erfolgten Zusammenstoß der russischen und französischen Vorhut in der Nähe ihres Wohnortes, kaum vier Meilen von Leipzig entfernt. Es drängte sie, ihr bedrohtes Heimwesen zu erreichen.

Im Begriff, ihr Vehikel zu besteigen, wurden sie von einem Studenten aufgehalten und gebeten, ihre Fahrt teilen zu dürfen, da die Post überfüllt, eine andere Gelegenheit aber auch in diesem vorzugsweise den Hauderern der westlichen Straße als Ausspannung dienenden Wirtshause nicht aufzutreiben sei.

Der Student war ein frisches, junges Blut, in schnurenbesetzter Pekesche, das schwarzrotgold geränderte Käppchen der Thüringer Landsmannschaft auf dem braunen Lockenkopfe, und gegen die Gewohnheit der handelsbeflissenen Universitätsstadt den klirrenden Schleppsäbel an der Seite; Gesundheit glänzte auf seinen Wangen, ein feuriger Strahl aus den offenen blauen Augen. Er nannte sich Hermann Wille und bezeichnete als Ziel seiner Reise das Haus seines Vormunds, eines Predigers, in der Nähe der Stadt, nach welcher die Herren auf dem Wege waren.

Das Gesuch wurde so zutraulich gewährt als gestellt; der Student schwang sich auf den Rücksitz den beiden älteren Herren gegenüber; bald bewegte sich das Gefährt auf der ebenen, pappelgesäumten Chaussee.

Nach den Schneemassen des lange dauernden Winters und den anhaltenden Frühlingsgüssen war der Weg heillos, das Fortkommen jedoch trotz der plänkelnden Kosakenpatrouillen, oder vielleicht wegen derselben sicher wie in Friedenszeiten. Die gesprächige Laune des kleinen, untersetzten Herrn Hofrats und des langen, hageren Herrn Syndikus geriet nicht einen Augenblick ins Stocken.

Selbstverständlich drehte sich die Unterhaltung um die große Tagesfrage: die Schlacht, welche die verbündeten Monarchen Napoleon zu bieten gedachten, der am 17. in Mainz eingetroffen, sich in Eilmärschen dieser Gegend näherte. Der Boden, auf welchem diese Schlacht voraussichtlich geschlagen werden würde, hieß ein neutraler, denn die Entscheidung des engeren Vaterlandes, Sachsen, zwischen den beiden drängenden Parteien hing noch in der Schwebe.

Der Syndikus lobte den weisen Entschluß seines landesflüchtigen königlichen Herrn, daß er, seine Residenz von Regensburg nach Prag verlegend, sich den österreichischen Pazifikationsmaßregeln angeschlossen habe.

Der Hofrat war entschieden französisch, das heißt: napoleonisch.

Demgegenüber ließ es der Student nun aber auch nicht an freiheitsbegeisterter Gegenrede fehlen. Er berief sich auf die überwiegende Stimmung des Landes, auf die Spaltung sogar im sächsischen Heere, den Austritt mehrerer höherer Offiziere, die zweifelhafte Haltung des Kommandanten von Torgau, auf den Enthusiasmus, welchen die Proklamationen Wittgensteins und Blüchers in der Jugend erweckt hatten. »Eure Wahl,« zitierte er mit flammendem Blick, »eure Wahl kann eure Krone in Gefahr bringen, kann dereinst eure Kinder bei dem Gedanken an ihre Väter erröten machen; aber aufhalten kann sie Deutschlands große Bewegung nicht.«

»Deklamiert nur immer,« versetzte darauf der Hofrat. »Klappert und rasselt, stemmt und sperrt euch, soviel euch beliebt: der Mann ist euch zu groß, ihr stürzt ihn doch nicht. Nie war er größer als heute, da er sich wie mit Zauberschnelle von der Niederlage erhoben hat, welche nicht Menschenwitz und Kraft, nur die blinde Natur über ihn verhängte! Aufgerichtet steht er euch gegenüber, ein Mann, der will und weiß, was er will, ein ganzer Mensch!«

»Auch wir wollen und wissen, was wir wollen,« rief der Jüngling begeistert.

»Und was wollt ihr, was wißt ihr, törichte Kinder?«

»Wir wollen frei werden und ein Volk!«

»Frei von was, junger Mann?«

»Frei von dem Tyrannen!«

»Von *einem* Tyrannen, um fünfzig dagegen einzutauschen,« entgegnete der Hofrat. »Und ein Volk? Nun ja, vielleicht unter ihm und durch ihn, den Titanen, der die Geschichte dieses Jahrhunderts auf seinen Schultern trägt. Denn was ist Geschichte anderes als Tat und Handeln überragender Menschen, wie sie dem formlosen Brei der Völkermassen Gestalt und Richtung geben?«

»Die Zeit heroischer Tyrannen ist abgelaufen,« fiel Hermann ein. »Er war der letzte, von heute ab wird allein das Volk seine Geschichte machen, deren Jahrbücher werden sich füllen mit wohltätigem Wirken und freie Fürsten über freie Völker regieren.«

»O des Widersinns,« rief der andere, »freie Fürsten und freie Völker! des Widerspruchs! Klingt's doch wie freie Lämmer und freie Wölfe. Blickt auf eure Väter und Brüder, gutmütige, deutsche Schwärmer! Gestern *mit* Preußen gegen Frankreich; tags darauf *mit* Frankreich gegen Preußen und Österreich. Dann wieder *mit* Preußen und Österreich unter Frankreich gegen Rußland, und morgen vielleicht *mit* Preußen und Österreich für Rußland gegen Napoleon. Und das dieselben Männer binnen noch nicht sieben Jahren. Und das nennt ihr wollen und wissen, was ihr wollt?«

»Wehe uns, daß es so war!« versetzte Hermann errötend. »Aber es wird anders werden; es ist schon anders geworden.«

»Was ist anders geworden, junger Mann? Daß das ausgemergelte Preußen, von russischem Ehrgeiz gekirrt, den Spieß kehrte, nachdem ein vorwitziger General die Dreistigkeit gehabt, seinen Verräterkopf aufs Spiel zu setzen, in mißlicher Lage auf unwirtlichen Wegen stillzustehen und auf diese Weise den Karren einmal in den Sumpf gefahren hatte? Ist Preußen Deutschland? Wo bleibt der Rheinbund, wo Österreich, wo –«

»Nein,« unterbrach ihn der Student, »nicht darum; nicht um Preußens ruhmwürdiger Erhebung willen allein. Aber weil ein einziger glühender Strom auch durch unsere Herzen zieht, weil unsere Schande uns brennt, weil wir dürsten, sie mit unserem Blute zu löschen; weil wir während eines ehrlosen Lebens zu sterben gelernt haben und ein Mensch, ein Volk, das den Tod nicht scheut, kein Sklave werden oder bleiben kann.«

»Schöne Worte, hohl wie Nüsse, Herr Studiosus,« spottete der Hofrat. »Und wenn es Euch gelänge, den zu vernichten, der größer ist als Alexander und Cäsar, größer als Carolus Magnus, vielleicht den letzten großen Menschen zu vernichten, wenn es Euch gelänge, Pygmäen: – das Fatum ist blind wie die Natur, und wir haben schon manchen Helden stürzen sehen über einen Peitschenstiel, den eine Kinderhand auf seinen Weg geworfen hatte, wenn die launische Fortuna ihrem Liebling untreu wurde: was hättet ihr gewonnen, die ihr euch Deutsche nennt? Nur die einzige Gelegenheit verscherzt, *eins* zu werden und vielleicht eines Tages auch frei, sobald eine weniger starke Hand als die seine die Zügel der Weltherrschaft nicht mehr festzuhalten vermöchte. Dann, ja dann! Aber unter euren hundertköpfigen Duodezherren, verblendete Toren, die ihr seid! sie werden sich beneiden und hassen morgen wie gestern; gegen einander spionieren und intrigieren, werden sich zupfen und zerren um ein Krümchen Macht und ein Fünkchen Glanz, und Deutschland bleibt ein Frikassee, und ihr, gemütliche Jungen, wenn ihr die Kastanien aus dem Feuer geholt habt, werdet gehänselte Knechte bleiben wie bisher.«

Unter derlei Kontroversen, welche die Gegend, durch die sie fuhren, von Hunnen- und Schweden-, Preußen- und Franzosenzeiten her in mannigfachem Wechsel anregte, war die größte Strecke des Weges zurückgelegt worden und hatten die drei uneinigen deutschen Männer es nicht verschmäht, in behaglichem Einmut das Tokaierfläschchen wie die Proviantkapsel rein auszuleeren, welche der Hofrat, ein Huldiger des Sinnes, den Idealisten den gröbsten nennen, fürsorglich mitgenommen hatte. Der silberne Becher ging die Reihe rund; der Friedenssyndikus leerte ihn auf das Wohl seines gerechten Königs, der Ruhmeshofrat auf das seines glorreichen Helden, der Student trank auf das Heil des freien deutschen Reichs, und just war der Gastgeber im Begriff, die Neige mit einem erhebenden Toast hinunterzuschlürfen, als beim Einbiegen in die ungepflasterte Straße eines wackern deutschen Dorfes die schwerfällige Kutsche zusammenknackte und die beiden Freunde im dicken Morast – buchstäblich ausgedrückt – auf der Nase lagen. Nur der Student, der kecklich herausgesprungen, war sauber davongekommen. Er lachte nach Studentenart, sobald er den anderen auf die Beine geholfen und sich überzeugt hatte, daß sie mit Ausnahme ihrer schwarzklebenden Gesichter und Kleider heil davongekommen waren.

Nachdem man sich in der Schenke notdürftig abgewaschen und vom Schrecken erholt hatte, kam man überein, den Heimweg zu Fuß anzutreten, bis die zerbrochene Achse wieder festgeschmiedet sei und der Wagen sie überholt haben werde. Der Regen hatte nachgelassen, die Wolken zerteilten sich, die Luft wehte frühlingsmild, die Bewegung nach der durchrüttelnden Fahrt tat wohl. Man hatte tunlichst Erkundigungen über das gestrige Renkontre eingezogen und erfahren, daß Russen und Preußen vor dem jählings einbrechenden Neyschen Korps die besetzt gehaltene Stadt geräumt und nach mehrstündigem Scharmützel jenseit deren östlichen Tores sich nach Süden gezogen hätten, während die Franzosen die Stadt, sowie die zunächstliegenden Dörfer nunmehro inne hielten.

Das heillose Wetter mochte die Operationen am heutigen Tage unterbrochen haben, und so zogen unsere Wanderer die Straße entlang, zwischen den Franzosen in Nord und West und den Verbündeten in Ost und Süd gleichsam auf einer neutralen Demarkationslinie. An disputierlichem Stoff war ein Vorrat gesammelt worden, der in dem Wegstündchen bis zu ihrem Ort gar nicht zu erschöpfen schien.

Der Hofrat war, wie der Syndikus, seines Zeichens Jurist, und ein geschickter Jurist; bemühte sich jedoch seit einiger Zeit als Dichter ein Lorbeerreis zu ernten, wie es des scharfsinnigsten Advokaten Stirn nur selten zu krönen pflegt. Einem solchen Manne und seinen volltönenden Schlagworts gegenüber konnte der junge Student des Jus nicht umhin, es mit gleicher Münze wettzumachen, und da er selber kein Dichter war oder zu sein sich bemühte, stimmte er eine der stolzen Freiheitshymnen an, mit welchen ein Landsmann und Mitstudent, der wirklich ein Dichter war, sein Herz geschwellt hatte.

»Frisch auf, mein Volk, die Flammenzeichen rauchen!« schmetterte er, unter dem Chorus der aufwirbelnden Lerchen, zu dem sich klärenden Himmel empor.

Der Hofrat deutete mit der Hand nach einem stattlichen Gebäude, das unfern der sich von da ab zum Tal niedersenkenden Straße, eine feste Ringmauer überragend, weit in die Gegend hinausschaute. »Schade!« sagte er, »daß Sie keine Leier bei sich führen, schöner Ritter, um das Akkompagnement Ihres rasselnden Schwertes zu unterstützen, wir hätten Fräulein Muthchen auf ihrem Siedelhofe ein Ständchen bringen und uns der gastlichen Aufnahme von seiten ihres Hausmeiers gewärtigen dürfen.«

Der Student pries mit bescheidenem Spott des Dichters reiche Phantasie, die sich aus dem Hader der Zeit in die romantische Vergangenheit geflüchtet habe; der Dichter aber erwiderte:»Sie erweisen meiner Phantasie zuviel Ehre, junger Mann, wir bewegen uns auf realem Boden. Dort ragt der Siedelhof. Denken Sie sich nun hinter seinen grauen Mauern das schönste Mädchen und den gründlichsten Narren im Leipziger Kreise, was beides etwas heißen will – –«

»Und die reichste Erbin die eine, die ehrlichste Haut den anderen, was auch nicht zu verachten ist,« fiel der Syndikus ein. »Aber schauen Sie auf, meine Herren. *Lupus in fabula!* Dort drüben sprengt Fräulein Muthchen mit ihrem Hausmeier.«

Hermann, der angedeuteten Richtung folgend, gewahrte ein berittenes, wunderliches Paar, das, von Süden her, quer über die Straße jagte, so flugesartig, daß die Wanderer, kaum zwanzig Schritte entfernt, nicht von demselben bemerkt wurden, vielleicht auch nicht bemerkt werden wollten, dahingegen keine Einzelheit der blitzschnell vorüberrauschenden Erscheinung des jungen Mannes scharfen, verschlingenden Blicken entging.

So sah er denn eine schlanke, aber kräftige Amazone auf feurigem Roß, das grüne Reitkleid, dicht am Halse schließend, der Zeitmode zuwider, mit langer, natürlicher Taille, aber kaum bis zu den Knöcheln reichendem Rock, unter welchem ein Beinkleid von gleichem Stoff und Stiefeln von derbem Leder bemerkbar wurden. Über dem blühenden Gesicht saß auf dem starkgebauten, von ungekünstelten, blonden Locken umwallten Kopf ein graues Hütchen, sonder Feder noch Schleier; jede ihrer Bewegungen war gewandt und dreist.

Der Dame folgte in kurzem Trab ein baumlanger, hagerer Fünfziger, steilrecht und feierlich aufgerichtet, Nase und Kinn ein spitzer Winkel, Knie- und Armbiegung eine scharfe Ecke, über den altdeutschen schwarzen Rock der breite Hemdkragen zurückgeklappt, Hals und Brust entblößt, Haar- und Bartwuchs, graugelblich gemischt, einer Mähne gleich über die schmalen Schultern hinunterfallend, barhäuptig und wenn auch nicht schlechthin barfüßig, so doch ohne Stiefeln oder Schuh und zwischen den weißen kurzen Socken und dem schlotternden schwarzen Beinkleid, das sich beim Reiten in die Höhe gezogen hatte, eine Handbreit nackt hervorlugend der sehnige Teil des Beines, der bei anderen Personen eine Wade genannt zu werden pflegt. Dieser Darstellung getreu präsentierten sich dem jungen Studenten Fräulein Muthchen und ihr Hausmeier.

Die beiden älteren Herren lachten überlaut.

»Er scheint die Entdeckung gemacht zu haben, daß die Teutschen ohne Fußbekleidung den Varus in die Flucht geschlagen,« rief der Hofrat. »Ein Glück, daß dieselben den Oberschenkel in ein Büffelfell gesteckt haben sollen, sonst würden wir ihn wahrlich auch als teutschen Sansculotten im Lande umhertraben sehen. Mich wundert nur, daß er sich immer noch so gewissenhaft wäscht und kämmt, da Reinlichkeit keine der Tugenden ist, die Tacitus *de Germanis* rühmen durfte.«

»Aber das Fräulein, das tollkühne Kind!« fiel der Syndikus bedenklich ein. »Ich wette, daß es eine Rekognoszierung des gestrigen Renkontre-Terrains vorgenommen hat.«

»Eine Erkennung des Begegnungsbodens,« berichtigte der Hofrat, und beide lachten von neuem.

Hermann dahingegen blieb ernsthaft und war plötzlich schweigsam geworden. Unverwendet folgten seine Blicke dem seltsamen Paar. Die schöne Dame war vor einem Pförtchen der Ringmauer vom Pferde gesprungen, das ihr Begleiter neben dem seinen an der Leine durch das Hoftor führte, während jene mit raschen Schritten einen unfernen Hügel erstieg, welcher den Gipfel des Flußufers bildet.

Das im Tal liegende, zum Gute gehörige Dorf konnte von der Straße aus nicht gesehen werden. Nur die Turmspitze der auf halber Höhe stehenden Kirche ragte bis zur Höhe des Hügels, dessen obere Abplattung, von einem Eisengitter umgeben und von einem gegenwärtig noch unbelaubten alten Eichenbaum überbreitet, den sich bergan ziehenden ländlichen Friedhof abschloß. Die Dame öffnete die Tür des Gitters, das sie mit halbem Leibe überragte, und schaute wie von einer Warte nach allen Seiten in die Gegend.

»Diese Gestalt,« rief jetzt Hermann, lebhaft erregt, »diese Gestalt habe ich auf der nämlichen Stelle schon einmal gesehen!«

»Nichts Außerordentliches, junger Freund,« versetzte der Hofrat, »welches Kind meilenweit in der Runde kennte nicht das Fräulein von Kettenloß, und welcher Reisende, der diese vielbetretene Straße zieht, hätte sie nicht einmal auf den Gräbern ihres Freienhügels gesehen?«

»Nicht daß ich die Dame kennte,« entgegnete der Student; »ich höre ihren Namen heute zum erstenmal, und es ist länger als sechs Jahre, daß ich diese Straße nicht wieder gezogen bin. Es wird mir nur eine Begegnung aufgefrischt, welche jener Zeit die Phantasie des sechzehnjährigen Alumnen lebhaft beschäftigt hat.«

»Geben Sie dieselbe zum besten, junger Freund,« sagte der Syndikus. »Ein Abenteuer mit Fräulein Muthchen wird jedenfalls schmackhafter sein als Ihr politischer Kohl, immer von neuem aufgewärmt.«

»Sie spannen Ihre Erwartung zu hoch,« entgegnete Hermann. »Ich sprach nicht von einem Abenteuer, kaum von einem Begegnen, nur von einem Blick aus der Ferne auf diesen damals noch nicht eingehegten Platz. Indessen es sei.

Es mochte etwa drei Wochen nach der unglücklichen Schlacht von Jena sein, als ich mit meinem ein paar Jahre älteren Bruder zu Fuße dieses Weges kam, um von dem Sterbebette eines geliebten Vaters unter den Schutz unserer *alma mater* zurückzukehren. Weg und Wetter waren noch heilloser als heute; wir hatten übermüdet in dem nämlichen Dorfe Nachtquartier halten müssen, in welchem –«

Rascher Hufschlag und ein staunendes »Ah!« seiner Begleiter unterbrachen den Erzähler; der Anblick einer glänzenden Kavalkade, von der Stadtseite her die Straße hinaufsprengend, ließ nicht nur das Wort im Munde, aber das Herz in seinem Leibe stocken. »Wer ist das?« stammelte er bestürzt.

»Das ist – Er!« rief der Hofrat begeistert, und seine kleinen grauen Augen blitzten, als er mit tiefer Reverenz den Hut von der blonden Perücke zog.

Auch der deutsche Held *in spe* hatte unwillkürlich das dreifarbig geränderte landsmannschaftliche Käppchen abgenommen, und die lange Nase des Herrn Syndikus berührte um ein Haar den nachbarlichen Steinhaufen der Chaussee. Alle Zeichen der Untertänigkeit waren indessen verschwendet, weder »Er« noch einer seiner reichbetreßten, befiederten, ordenprangenden Suite bemerkte die bescheidenen Wanderer. In kurzer Biegung von der Straße abschwenkend, sprengte die Kavalkade denselben Weg, die Ringmauer entlang, welchen die Dame vor wenigen Minuten gewandelt war, und dem Hügel zu, auf welchem sie noch immer überrascht, geblendet, gebannt von der außerordentlichen Begegnung regungslos stand. Nur der vordere, nur »Er« hatte Raum auf der schmalen Plattform vor dem Gitter, von welcher er durch ein Fernrohr die Gegend nach allen Seiten überschaute, während sein Gefolge am Fuße des Hügels, so gut wie die drei Wanderer am Straßenrand den Blick magnetisch auf ihn gerichtet hielt. Und ein seltsam anziehendes Bild war es ja auch, das die Beschauer zwei, drei Minuten lang in atemloser Spannung fesselte: auf dem weißen Hengst die kleine, gedrungene Gestalt im festgeschlossenen, unscheinbaren Rock, die Krempe des Hutes, vom Regen erweicht, tief in den Nacken niederhängend, unter der ehernen Imperatorenstirn mit Falkenblicken den Schauplatz kommender Taten erspähend, der marmorbleiche Italiener Auge in Auge dem blühenden deutschen Mädchen, das – »wie die Göttin der Freiheit,« so murmelte unser Student, »nur durch ein Grabgitter getrennt, ihm so nahe stand, daß die Hände sich hätten erreichen können.«

Die Dame hatte, vielleicht in jähem Erschrecken, mit dem linken Arme sich an den Stamm des Eichbaumes geklammert, der als der einzige seiner Art sich erhalten hatte, aus jener unfernen Zeit, da die Uferabhänge des Flusses noch dichter Laubwald waren, und der weithin sichtbar, als ein Wahrzeichen der Gegend galt. Den rechten Arm hielt sie in nördlicher Richtung ausgestreckt, wo jenseit des Flusses in stundenweiter Ferne eine Bodenwelle von gleicher Höhe wie die, auf der sie stand, die Gegend überragte.

Auch ihr Gegenüber schaute einen Moment und deutete, gegen einen rückwärts haltenden Begleiter gewendet, auf diesen Punkt. »Der Janushügel von Roßbach?« fragte Hermann, dessen scharfen Blicken keine Bewegung entging, flüsternd den Hofrat. Kaum aber hatte er die Frage ausgesprochen, so lenkte der Gewaltige sein Roß und sprengte den Weg zurück, den er gekommen war.

Die Wanderer standen entblößten Hauptes wie eingewurzelt auf der alten Stelle; ihre abermalige Verbeugung wurde so wenig als vorhin erwidert und ihre Personen würden nicht bemerkt worden sein, wenn nicht eine gemütliche Schafherde sich sonder Respekt vor Menschenmacht und Hoheit über die Landstraße ausgebreitet und die Bahn des Helden für einen Augenblick gehemmt hätte. Er wendete das Haupt noch einmal zurück nach dem Hügel, auf welchem das Fräulein unbewegt in der früheren Stellung stand.

»Kriemhild!« hörte man ihn zu dem ihm zur Seite haltenden Führer seiner Garden sagen, während ein anmutiges Lächeln die feinen Lippen umspielte, denen das Lächeln eine seltene Gunst geworden schien.

Der den Musen huldigende Herr Hofrat wurde durch den Namen Kriemhild in kaum zu bändigende Ekstase versetzt. Welch Universalgenie, dieser Mann! Ein Dichter, vielleicht größer als er selbst! Wie geistreich hatte Er den Werther dessen Autor gegenüber kommentiert! Den deutschen Poeten durchzuckte der Gedanke, das Heldenweib der Nibelungen, die er bis jetzt nur dem Namen nach kannte, zum Vorwurf einer Tragödie zu machen.

»Wer – ist?« fragte, nach der Höhe deutend, irgendein besternter Herr der Suite den alten Schäfer, welcher ungerührt von der außerordentlichen Begegnung auf einem Steinhaufen der Straße saß und sein Vesperbrot in langsamen Bissen verzehrte; und als der ehrliche Deutsche die Frage nicht alsobald beantwortete, wiederholte er dieselbe mit einem Zusatz, den wir zu deutscher Ehre nicht wiedergeben wollen.

Der Schäfer richtete seine Augen gelassen nach der bezeichneten Stelle und sagte mit einem schmunzelnden Zug über dem breiten Gesicht: »Na, kennt Er denn Fräulein Muthchen nicht, Herr Franzose?«

»Fräulein – Muthken!« wiederholte der General seinem Gebieter.

» *Quel nom barbare pour une si belle personne!*« hörte der Hofrat, der sich in seiner Begeisterung einige Schritte vor, dicht an die Gruppe gedrängt hatte, seinen Heros sagen.

»Mademoiselle Courage!« wagte er, mit einem tiefen Bückling, zur Erläuterung auszusprechen.

Der Heros blickte ihn an und nickte mit dem Haupt, als ob er in dieser Übertragung den Namen paßlich finde; dann setzte er über den Graben hinweg, daß Schafe und Lämmer geängstigt auseinanderstoben. Die Suite der Generale folgte ihm, die Straße zur Stadt hinab. Im Nu war die blendende Erscheinung wie eine Fata Morgana verschwunden. Auch Mademoiselle Courage hatte den Freienhügel verlassen und war durch die Gartenpforte nach ihrem Siedelhofe zurückgekehrt.

Als die Reisenden sich wieder allein mit dem Schäfer und seiner Herde auf der Landstraße sahen, lösten sich die Herzen. Der Hofrat war schlechthin in einem Rausch. »Welch ein Zauber«, so rief er, »um einen großen Mann! Diese antiken Heldenzüge! Ich hatte sie niemals in solcher Nähe gesehen, lassen Sie uns dem Pfade folgen, den seine Spur geweiht, lassen Sie uns hinauf zu dem alten Hünengrabe steigen und die Landschaft überschauen, die Er zur Szene neuer glorreicher Taten erkoren hat. Wer blickt in dieses Auge und begreift nicht, daß es anders auffaßt als gemeine Sterbliche? Daß Menschen und Dinge, über die es streift, wie in eherne Tafeln seinem Gedächtnis eingegraben sind?«

»Glückseliger Poet!« entgegnete der Syndikus, der sonst nicht eben ein Spötter war, »glückseliger Poet, dessen Figur er gestreift hat, und der sich rühmen darf, unsterblich im Gedächtnis des ›letzten großen Menschen‹ fortzuleben! Aber ich pflichte Ihnen bei; lassen Sie uns von dort oben nach unserem Wagen ausspähen, da es nicht geraten sein möchte, unsere Bagage dem Zufall der Landstraße preiszugeben, wir auch zu Fuße mit unseren kotigen Habitern einen kläglichen Einzug halten würden in der Stadt, welche der Titan durch seine Gegenwart verewigt.«

Sie gingen voran; Hermann folgte ihnen in schweigender Bewegung. Bald standen sie auf der Höhe und blickten über das jetzt verschlossene Gitter auf zwei Gräber unter dem alten Baum, dessen Schaft das Fräulein vorhin, sei es im Schreck, sei es mit Bedeutung, umklammert hatte. Der eine der Hügel war sauber gepflegt und mit

Frühlingsblumen geschmückt, der andere einfach mit Rasen belegt. Kein Name war auf einem Stein oder Kreuz bezeichnet.

Die Abendsonne, die Wolkenschicht durchdringend, beleuchtete die Gegend in ihrem blühenden Lenzesschmuck; der Blick schweifte über den Friedhof mit seiner Kirche, dann über das Dorf hinweg stromauf stromab den Fluß, der wie ein silbernes Band das Tal durchschlängelt, im Westen begrenzt durch die Stadt mit ihrem beherrschenden Schlosse. Zahlreiche Kirchspiele, Wald, Wiese, Rebhügel und frischgrüne Saatfelder boten einen erfreulichen Wechsel.

Nach schwindelndem Aufschwung wie nach schlaffem Ermatten ist es ja allezeit die Natur, welche das Gemüt wieder in ein Gleichmaß setzt, und so konnten auch unsere Wanderer dem nicht blendend, aber wohltuend vor ihren Augen sich entfaltenden Reize nicht lange widerstehen, ohne von dem Außerordentlichen zum Tagesgewohnten zurückzukehren: zunächst zu Fräulein Muthchen und ihrem Hausmeier, deren Walten und Wirken sie in den wohlbestellten Feldern und Gärten, der strengen Ordnung in Haus und Hof verständlich vor sich ausgebreitet sahen.

Alles war schlicht und dauerhaft, wie um der unruhigen Epoche zu trotzen, nichts prunkvoll angelegt; kein Zierstrauch, keine Blume in den weitläufigen Gärten; aber jedes kleinste Fleckchen zu nutzbringendem Ertrage bestellt. Man bemerkte den Hausmeier – jetzt in starken Schuhen und grobem Leinenkittel –, wie er im Hofe mit würdevoller Gelassenheit hin und wieder schritt, Mauern, Türen und Läden gewissenhaft untersuchte, dann wieder den Kopf aus einer Dachluke streckte und dem Hofgesinde Weisung gab, den durch das gestrige Plänklerfeuer angerichteten Schaden wiederherzustellen.

Auch das Fräulein erschien von Zeit zu Zeit im Hofe in dem nämlichen grünen, keine ihrer raschen Bewegungen hindernden Anzug, den sie vorhin zu Pferde getragen hatte. Der Syndikus bemerkte, daß sie erst seit einem Monate dieses grüne Kleid gegen ein schwarzes vom nämlichen Schnitt, welches sie seit dem Tode ihrer Mutter nicht abgelegt, vertauscht habe; und der Hofrat meinte lachend, daß Preußens Kriegserklärung ihr die Farbe der Hoffnung wieder wert gemacht. Man sah die Dame die im Hofe mit Aufräumen und Zutragen beschäftigten Arbeiter anstellen und antreiben; jeden Mangel, jeden Schaden augenblicklich entdecken, prüfen, abhelfen, rasch und entschieden selber Hand ans Werk legen; man mußte sich sagen, daß nur auf diese resolute, pünktliche Weise, bei strengem Zusammenhalten bedeutender Mittel die musterhafte Ordnung eines Besitztums aufrechterhalten werden konnte, das in der bedrohlichsten Lage, seit fast sieben Jahren den Requisitionen, ja Plünderungen von Freund wie Feind ausgesetzt gewesen war, erst kürzlich den aus Rußland geflüchteten Scharen entblößter, fiebernder Franzosen als Spital und bis vor wenigen Tagen dem Stabe des am weitesten vorgedrungenen russischen Korps als Quartier gedient habe; eines Besitztums, auf dessen Grund und Boden gestern einige der ersten Opfer deutscher Befreiung gefallen, in dessen Mauern die ersten Kugeln des neuen Feldzugs gedrungen waren und in dessen nächster Nähe sich die erste hochwichtige Entscheidungsschlacht vorbereitete.

Der Syndikus, welcher der Gutsherrin Justitiarius war, erzählte, wie hausmütterlich heiter er die Dame neulich mit den Kosaken hausend angetroffen habe und in welch wehmütiger Stimmung sich diese Natursöhne von ihren Biertonnen und Krautkübeln getrennt; wie sie beim Abschied immer wieder umgekehrt seien, ihr vom Pferde herunter die Hand gereicht und gerufen haben: »Mutter Muthchen, gut Mutter Muthchen!« um darauf unter den traurigsten Molltönen ihres Vorsängers und dem einfachen Akkompagnement ihrer Rohrflöten weniger gastlichen Herbergen entgegenzuziehen. »Ja, ein Kernmädchen, dieses Muthchen, das dem Teufel und seinen Scharen standhalten würde, ohne mit der Wimper zu zucken!« so schloß der Syndikus diese wie einige ähnliche Mitteilungen. Der Hofrat rief aus: »Ja, bei Gott! Schade um die schöne Person und um ihr schönes Geld!«

»Schade, inwiefern?« fragte Hermann, welcher den Schilderungen mit dem lebhaftesten Anteil gefolgt war.

»Weil sie beide nur einem *freien* deutschen Manne zugute kommen lassen will,« antwortete jener lachend, »und über diesem Vorsatz allem Anscheine nach zur alten Jungfer werden wird, insofern Held Kupido sich am Ende nicht doch noch unwiderstehlicher als Held Bonaparte, ja als der unwiderstehlichste Damenheld erweisen sollte. Unter allen Umständen – wenn die Geschichte wahr ist, die man sich ihrer Zeit einstimmig erzählt hat –, unter allen Umständen war es die grausamste alberne Schrulle ihres phantastischen Vaters, dem armen, blutjungen Dinge im Moment der tiefsten Zerknirschung, hier am offenen Grabe der Mutter quasi ein Klostergelübde aufzuerlegen, anstatt sie im Gegenteil darauf hinzuweisen, daß, wenn in der allgemeinen Zerrüttung Spiel und Tanz der Jugend verleidet werden, die Freuden der Liebe sie für vieles und eine Frau für alles zu entschädigen imstande sind.«

»Diese Auffassung ist freilich der des seligen Majors eine schnurstracks entgegengesetzte; recht aber haben Sie in der Hauptsache,« wendete der Syndikus ein. »Und wenn ich Ihnen ebenso zugeben muß, daß die Niederlage von Jena, verbunden mit dem fast gleichzeitigen Tode seiner Gattin den Mann einigermaßen wirbelig gemacht hatte, so muß es um so mehr wundernehmen, wie seine Tochter, ihrer kuriosen Erziehung und am Ende gar der abenteuerlichen Bestattungsszene zum Trotz, das, was sie geworden ist, unser Fräulein Muthchen, werden konnte.«

»Sie erwähnen einer Bestattungsszene, mein Herr,« nahm jetzt Hermann das Wort, »und führen mich damit auf die Begegnung zurück, die ich Ihnen mitzuteilen im Begriffe war, als – –«

»Fahren Sie jetzt fort, junger Freund,« unterbrach ihn der Hofrat. »Setzen wir uns, da der Wagen noch immer auf sich warten läßt, auf den Steinblock vor diesem vermeintlichen Hünengrabe, das der tolle Major zum Freienhügel umgetauft hat. Die Sonne scheint warm und die Luft weht erquicklich. Ihre Erzählung soll uns die lästige Wartezeit verkürzen.«

Die beiden älteren Herren breiteten bei den Worten ihre Reiserockelore von Kalmuck fürsorglich über den Stein und nahmen Platz, während der Student ihnen gegenüberstehend und von Zeit zu Zeit einen Blick in den Gutshof werfend, also begann:

»Wir hatten, wie ich sagte, in jenem Dorfe übernachtet, waren aber vor Tagesgrauen schon wieder auf den Füßen. Kaum lagen die letzten Häuser hinter uns, als von einem Seitenwege einbiegend ein Fuhrwerk auf die große Straße lenkte und so langsam vor uns herfuhr, daß wir eine Strecke dicht hinter ihm Schritt zu halten, auch bei dem dämmernden Morgen es genau in Augenschein zu nehmen vermochten. Es war ein einfacher Korbwagen, mit ein paar Rappen bespannt und gelenkt von einem Mann, der in einen schwarzen Mantel gehüllt und mit einem totenfahlen Gesicht uns Knaben den Eindruck eines Märchenfürsten, oder wenigstens den eines unheimlich großen Erdenherrn machte. An seiner Seite saß unbeweglich ein blondes Mädchen etwa meines Alters in tiefem Trauerkleid. Die Rücksitze des großen Holsteiner Wagens waren fortgenommen und durch einen schwarzverhüllten Gegenstand ersetzt, der sich als ein Sarg nicht verkennen ließ. Unbemerkt folgten wir dem seltsamen Kondukt, wie er in der Nähe des Edelhofes abbog, längs der Gartenmauer sich bewegte und auf diesem Hügel stille hielt. Etliche Männer hielten bereits vor einem frisch geschaufelten Grabe; anscheinend Dienstleute des Hofes, doch meine ich unter ihnen mich auch der Gestalt zu erinnern, welche die Herren Fräulein Muthchens Hausmeier tituliert haben, nur daß er dazumal in knapper, schulmeisterlicher Tracht und sogar mit einem stattlichen Zopf angetan war.«

»Ganz recht,« fiel der Hofrat ein; »er hat sich erst an dem Tage, von welchem Sie erzählen, junger Freund, den Zopf nicht etwa abgeschnitten, denn der Zopf steckt ihm heute wie damals im Geblüte, aber losgebunden und frei als Löwenmähne um seine Schultern wallen lassen; wie denn überhaupt der cheruskische Geschmack in ihm aufgewacht ist, nachdem die fränkischen Sieger ihm recht gründlich im Magen lagen.«

»Die Sonne«, so fuhr Hermann fort, »ging in diesem Augenblick auf, hell und klar, wie sie seit Wochen nicht geschienen hatte. Das trauernde Paar stieg vom Wagen, der Sarg ward heruntergehoben und schweigend versenkt. Das Gesinde entfernte sich auf einen Wink des schulmeisterlichen Anordners; das junge Mädchen sank auf die Knie, während der bleiche Herr im Trauermantel nebst dem im Zopf Schaufel um Schaufel die Grube füllte. Als das Werk vollbracht war, streckte der, welchen ich den Vater nennen will, den rechten Arm in die Höhe wie zu einem Schwur. Seine Lippen bewegten sich, was er aber sprach, war so leise, daß wir es nicht verstehen konnten. Das junge Mädchen erhob sich, legte mit ruhiger Gebärde ihre Rechte in die seine und rief vernehmlich: ›Ich schwöre es!‹ Dann wendeten alle drei sich langsam dem Hause zu; sie gingen dicht an uns vorüber; der Herr blickte finster auf die knabenhaften Zeugen. Die Dame schaute uns voll ins Gesicht; ihre Züge waren jünger und zarter als heute, aber die nämlichen, die ich vor einer Stunde auf den ersten Blick wiedererkannte. Die Züge Fräulein Muthchens.«

»Ihre Schilderung«, sagte der Hofrat, nachdem Hermann geschlossen hatte, »stimmt genau mit denen überein, welche, selbst in jener Zeit allgemeinster Aufregung, die Gemüter lebhaft beschäftigt haben. Wie die heimliche Szene eigentlich kund geworden ist, weiß Gott. So etwas fliegt in der Luft. Die einen lächelten darob, die anderen fühlten sich zu Tränen gerührt. Der Major Kettenloß war einer von den wenigen Sachsen, der in dem Feldzug von 1806 den Sturz des gehaßten Imperators erwartet hatte, wie er nun heimkehrte von der Doppelniederlage des vierzehnten Oktober, die Seele zerwühlt durch die Eindrücke der allgemeinen, wüsten Entmutigung, wie durch die Gewißheit des Übertritts seines Kriegsherrn zu dem gehaßten Fremdling, findet er seine allezeit kränkelnde Gattin der Angst und Qual um ihr Eigenstes wie um das Allgemeine unterliegend. Alle teueren Bande sind ihm mit einem Schlage zerrissen. Um sich selbst und seinem einzigen Kinde die peinigende Erinnerung unauslöschlich einzuprägen, fährt er bei Nacht und Nebel allein mit seiner Tochter die Gattin von Leipzig, wo sie gestorben war, nicht etwa in die Familiengruft, die sich auf einem anderen Gute befindet, sondern hier auf diesen Hügel, den der Volksglaube zu einem Hünengrabe stempelt, das heißt zu einer Massengruft jener scharmanten, schiefäugigen Barbaren, welchen der Finkler in dieser Gegend den Garaus machte und das Osterland für alle Zeit von ihnen befreite. Er, der Major nämlich, bestattet die Leiche in der von Ihnen beobachteten Weise und nimmt bei der Gelegenheit seiner Tochter das Gelübde ab, nicht früher einem Manne anzugehören, als bis die Scharte des Vaterlandes ausgewetzt sein werde und, notabene, auch dann nur einem solchen Manne, der sich an diesem bedenklichen Mordgeschäfte heldenmäßig beteiligt haben wird. Der Major war überhaupt, ich weiß nicht ob ein Don Quichotte, oder im Ernst so eine Art von Kato, als welcher er sich darzustellen beliebte; jedenfalls ein exzessiv ungemütlicher Gesell. Er zeigte schon vor jener Katastrophe die halsstarrigste Verachtung des Jahrhunderts, dessen aufklärenden Beruf wir anderen preisen. Keiner seiner Koryphäen fand Gnade vor seinen Augen, der einzige Alte Fritz etwa

ausgenommen und auch dieser nur als Soldat und mit einem sauer-
süßen Gesicht, denn wie er auch den Germanen herausbeißen
mochte, der Major blieb ein Sachse und der Fritz ein Preuße, das
heißt Hund und Katze von Natur, junger Herr. Überall witterte er
Verweichlichung, Entartung und Verfall, selber – obgleich er ein
Kenner war – in dem Aufblühen unserer Literatur und Kunst, mindestens in deren Einfluß auf das deutsche Volk. Die Eindrücke der
französischen Revolution und der Rheinfeldzüge, an denen er teil-
nahm, konnten seine pessimistische Anlage nur verschlimmern. Seit
den Tagen von Rastatt sah er Deutschlands Untergang voraus, und
seine Hoffnung auf Erfolge von 1806 muß eine Inkonsequenz genannt werden, in welche auch solche starrköpfige Naturen, ja diese
erst recht, zu verfallen pflegen.

Diesem eigensinnigen Eisenfresser war es nun aber beschieden,
alles was Zärtlichkeit an ihm hieß, an eine Frau zu heften, so weich
und durchsichtig, daß ein Lufthauch sie umblasen konnte, und
sechs Söhne, die sie ihm schenkte, bald nach der Geburt wieder
sterben zu sehen. Nur ihr letztes Kind, ein Mädchen, kam so lebens-
fähig zur Welt, daß an ihm eine heldenmäßige, spartanische Erziehung ins Werk gesetzt werden durfte. Der Anfang derselben wurde
mit dem Namen Erdmuthe gemacht. Die Mutter mochte den Aberglauben des Volkes teilen, nach welchem ein Kind, aus dessen Namen sich das Wort ›Erde‹ zusammensetzen läßt, gegen den Tod
gefeit ist. Den Vater bestimmte die Zusammensetzung mit ›Mut‹,
die Eigenschaft, welche er zuerst, ja einzig am Menschen schätzte.
Man kann sich der Versuchung kaum entschlagen, den wütigen
Heißsporn im Grunde seines Herzens für eine Memme zu halten.
Denn wer führt das, was wirklich sein Lebensprinzip ist, bei jeder
Gelegenheit auf der Zungenspitze? oder wer schätzt an anderen
nicht zumeist das, was er in sich selber vermißt?«

»Sie tun dem Manne unrecht,« fiel hier der Syndikus ein, »ich bin
in den mannigfaltigsten Beziehungen zu dem Major von Kettenloß
gewesen, habe ihn aber niemals vor einer Gefahr zurückweichen,
nie ein Unrecht begehen oder auch nur dulden sehen, sobald er es
zu hindern imstande war, habe ihn niemals eine Unwahrheit sagen,
niemals schmeicheln oder heucheln hören. Und das sind doch wohl
die Kriterien eines angeborenen, nicht eines sich selber aufgedrun-
genen Mutes, was dahingegen die Erziehung seiner Tochter betrifft,

lieber Freund, so haben Sie recht: er suchte die Eigenschaften in ihr auszubilden, an deren Mangel er seine Generation krank wähnte. Alle Welt theoretisierte ja dazumal über Erziehung. Die einen verlangten Freiheit, ja Willkür, die anderen Ehrerbietung und Unterordnung; diese Bildung zum Schönheitsideal, jene Natürlichkeit bis zur Umbildung. Unser Major forderte Mut, positiven Mut, das heißt zunächst Kraft, auch bei den Frauen, den Müttern des künftigen Geschlechts.

Das kleine Muthchen wurde daher von der Wiege ab nach der Möglichkeit abgehärtet, kräftig genährt, kalt gebadet; sie lernte früher Schwimmen und Reiten als Lesen und Schreiben. Die leiseste Anwandlung von Zaghaftigkeit und Furcht, Ekel oder Aberglauben wurde im Keime oft mit den härtesten Gegenmitteln erstickt. Die Gegenstände des Unterrichts und seine Methode entsprachen späterhin diesem kräftigen System. In welchem Maße die weiche, zärtliche Mutter bei dieser Behandlung litt, ist nicht mit Worten auszusprechen. ›Was soll aus dem Wildfang werden?‹ hörte ich sie mehr als einmal klagen.

›Die ersten Reize des Weibes, Sanftmut, Demut und Anmut, werden in ihr ausgetilgt; sie wird niemals geliebt werden, niemals einen Mann glücklich machen.‹

›– Wenn Männer Sklaven werden, müssen die Frauen sich selbst regieren lernen –‹ pflegte ihr Gemahl mit finsterer Miene darauf zu antworten. Oder, wenn er einmal in freundlich mitteilsamer Stimmung war, dann sagte er auch wohl: ›Deine eignen Worte, liebes Weib, strafen dich Lügen. Hat doch die Offenbarung unserer Sprache jene eure ureigensten Reize aus dem Mut abgeleitet; ja selber der Schmerz in seiner edelsten Erscheinung wird als Wehmut weiblichen Geschlechts. Euer Reich ist das Gemüt und soll es sein und bleiben. Aber auch das Gemüt fließt aus dem Mut, ja Herz und Mut haben, beherzt und mutig sein ist bei den Deutschen, mindestens im Hort der Sprache, die der Himmel behüten möge, noch ein und das nämliche. Gönne daher unserem Muthchen, das uns Tochter und Sohn zugleich sein soll, ihren mutigen und sogar mutwilligen Sinn. Ihr Leben, heute noch ein Spiel, morgen wird's Ernst, und je herzhafter sie es zu fassen weiß, um so herzlicher wird sie eines Tages einem braven Manne angehören‹«

»In der Tat eine artige Galanterie unserer ersten geheimnisvollen Sprachkünstler,« so unterbrach an dieser Stelle der Hofrat den Erzähler,»eine artige Galanterie, daß sie dem gemeinsamen Stammvater Mut einen Kreis von lauter lieblichen und löblichen Töchtern und dagegen als Söhne eine Schar häßlicher Unholde angeeignet haben.«

»Ich dächte, Armut und Schwermut wären just auch keine Huldinnen,« wendete der Syndikus lachend ein.

»Aber doch rührende Genien.«

»Für den gutgelaunten Poeten, bei wohlbesetzter Tafel! in der Wirklichkeit jedoch – –«

»Keinesfalls von der feindlichen Sorte, die uns Menschenkinder als Mißmut, Unmut, Kleinmut, Wankelmut, Übermut, Hochmut schikaniert und turbiert.«

»Zugestanden; und müssen wir für diese unhöfliche Laune unserer Grammatik uns mit einer anderen widerwärtigen Stammesgenossenschaft trösten, die von der Selbstsucht bis zur Schwindsucht mit kaum größerem Rechte ausschließlich dem schönen Geschlecht vindiziert worden ist. Um aber zu unserem Major zurückzukehren, so hielt er sich statt an jene unartigen Sprößlinge in der Erziehung wenigstens an die wohlgearteten. ›Es ist ein Zeichen der Schwäche an den Männern‹, prägte er seinem Muthchen ein, ›wenn sie die Schwächen der Frauen reizend finden. Die Frau in ihrem Gebiet braucht dieselben Kräfte und Tugenden wie der Mann, ja sie braucht sie doppelt, denn sie hat mehr zu leiden und das nämliche zu tun.

Das Schlachtfeld der Frau ist das Krankenbett, mag sie darauf liegen oder daran Wache halten, und wenn sie vor einem Blutstropfen in Ohnmacht oder vor einer Spinne in Krämpfe fällt, ist sie so wenig das, was sie sein soll, wie der Mann, welcher dem Feinde gegenüber die Flinte ins Korn wirft. Sie hat unparteilich unter denen, die ihr dienen, Recht zu besprechen, Ehre und Ordnung im Hause aufrechtzuhalten, und dazu gehört Mut. Sie soll ihre Kinder nicht nur stillen und hätscheln, sondern sie ziehen und züchtigen, und dazu gehört wieder Mut; sie soll ihnen im Notfall den Vater ersetzen können, und dazu gehört Mut, großer Mut. Sie soll dem Freunde freimütig raten, dem Feinde großmütig vergeben so gut wie der Mann, und wie langmütig muß sie als Gattin Launen und Schwächen des Gatten tragen, wie heldenmütig der Roheit entgegenzutreten wissen, wenn sie in ihrem Amte treu erfunden werden soll?‹«

»Und welches ist schließlich das Schicksal dieses außerordentlichen Mannes gewesen,« fragte Hermann, welcher mit den lebhaftesten Zeichen des Interesses diesen Mitteilungen gefolgt war.

»Sie stehen vor seinem Grabe,« antwortete der Syndikus. »Seit jenen unglücklichen Oktobertagen trug er den Todeskeim in sich; unter dem Eindruck des letzten mißglückten Widerstandes brach er zusammen. Er hatte selbstverständlich unmittelbar nach Sachsens Beitritt zum Rheinbund den Militärdienst verlassen und lebte seitdem auf diesem Gute, obgleich er reicher eingerichtete in schönerer Lage besaß. Er redete sich ein, daß, wie schon mehr als einmal eine große Entscheidung zwischen diesen Kornflächen im Herzen von Deutschland erfolgt sei, auch diesmal die Erlösung sich in ihrem Umkreis vollbringen werde. Als sein zehrender Zustand schon bedenklich um sich gegriffen hatte, wankte er noch immer jeden Mittag hinaus auf den Freienhügel, legte sich, um sich gleichsam auf die Grabesruhe vorzubereiten, stundenlang nieder auf seinen erwählten letzten Erdenplatz unter der alten Eiche neben der Gruft der geliebten Frau.

Bei der Kunde von dem gescheiterten Schillschen Unternehmen steigerte sich sein Fieber zur qualvollsten Unruhe. Am Tage der Schlacht von Wagram fand man ihn tot auf dieser Stelle. Damit aber auch der letzte Akt nicht ohne eine gewisse Absonderlichkeit vor sich gehe, mußte seiner Anordnung zufolge sein Leichnam, gehüllt in den Trauermantel, den er seit dem Tode der Gattin getragen, ohne Sarg versenkt werden. Der Auflösungsprozeß sollte sich so rasch als möglich vollbringen und seine Atome sollten dem alten Freiheitsbaume seines Volkes frische Nahrung geben. Jeden Schmuck seines Hügels, wie die Bezeichnung mit seinem Namen Kettenloß hatte er untersagt, solange das Vaterland in Ketten liege.

Kurz vor seinem Tode ließ er seine erst achtzehnjährige Tochter mündig sprechen und jedem beaufsichtigenden Kuratorium entziehen. Meine Einwände gegen dieses gewagte Vertrauen bei des Fräuleins Jugend und einem so vielseitigen Besitz wies er mit den Worten zurück: ›Sie soll eine starke Aufgabe haben, um der Verwaisung an Eltern und Vaterland nicht zu unterliegen.‹ Und er hat das Kind nicht überschätzt. Fräulein Muthchen hat sich ihrer Aufgabe gewachsen erwiesen wie der tüchtigste Mann, freilich aber auch an ihrem Faktotum, dem Hausmeier, eine Stütze gehabt, wie keine zuverlässigere gefunden werden konnte.«

»Wer ist denn nun aber eigentlich dieses wunderliche Faktotum von einem Hausmeier?« fragte Hermann zum Schluß.

»Der frühere Erzieher des Fräuleins, seines Zeichens und Namens Magister Polykarpus Storch, oder in seine gegenwärtige Mundart übersetzt: Meister Vielfraß Storch. Als Sohn eines Predigers auf einem Kettenloßschen Gute war er des Majors Jugendgespiele und wurde durch die Sympathie der Franzosenfresserei sein Freund. Im übrigen, trotz seiner Monomanie oder wenn Sie wollen Narretei, ein Mann, der Kopf und Herz auf dem rechten Flecke trägt, der für seine Zöglingin durchs Feuer ginge und ihr die ersprießlichsten Dienste leistet als Rentmeister, Baumeister, Wirtschaftsinspektor oder, wie er selber es benamset, als Hausmeier und Vogt der Edel- und Siedelhöfe seiner Gebieterin, des Freifräuleins Erdmuthe von Kettenloß.«

»Das wäre ein Paar, dessen Bekanntschaft ich machen möchte!« rief der Student.

»So lassen Sie uns einen Besuch auf dem Siedelhofe abstatten,« versetzte der Hofrat; »die gestrige Kriegsszene vor seiner Tür und unser zerbrochener Wagen sind ein hinlänglicher Vorwand, und Ihr rasselnder Säbel wird eine treffliche Empfehlung sein. Kommen Sie, junger Freund. Ich führe Sie bei Fräulein Muthchen und ihrem Hausmeier ein.«

»Ich werde indessen nach unserem verunglückten Fuhrwerk sehen, dessen Herstellung sich über Gebühr verzögert. Sobald es heil ist, hole ich die Herren bei Fräulein Muthchen ab,« sagte der Syndikus, sich empfehlend.

Die beiden anderen schlugen den Weg nach dem Hoftor ein. Der Hofrat meinte lachend:»Hüten Sie sich nur, daß Sie von der Schönen und ihrem Leibnarren nicht eingefangen und so *en passant* für den Dienst der Freiheit gepreßt werden, Sie deutscher Schwärmer!«

»Das Beste, was ich mir wünschen könnte!« entgegnete Hermann, gleichfalls lachend.

Der Hausmeier und Vogt des Freifräuleins Erdmuthe von Kettenloß, den man im Hofe über der Probe einer Feuerspritze antraf, schien dem dichtenden Herrn Hofrat nicht sonderlich grün zu sein, denn er würdigte ihn kaum eines Gegengrußes, während er den frischblühenden Studenten mit sichtbarlichem Wohlgefallen betrachtete. Als der ältere Herr, unbeleidigt durch die teutonische Grobheit, den Studiosus juris Hermann Wille vorstellte, fragte er: »Hermann Wille! Ein Sohn des weiland biderben Pfarrherrn David Wille zu Studnitz im Leipziger Kreise?« Hermann bejahte die Frage, und der Alte fuhr fort: »Dahero ein Bruder des Platzmeisters Wille, welcher als Beigeordneter des sächsischen Befehlshabers den tapferen Welfenherzog in diesen Gauen schmählich behelligt hat.«

»Ja, mein Herr,« antwortete Hermann, ein Lächeln unterdrückend. »Leutnant Wille, der damalige Adjutant unseres Kommandanten von Torgau, General Thilemann, ist mein Bruder.«

»Keine derartige Babelverwirrung in Eurem Munde, junger Mann,« verwies der Hausmeier. »Säubert das Heiligtum Eurer Sprache. Teutsche Würdige an die Stelle fränkischer Maulhelden! Fort mit dem welschen Mummenschanz! Keinen Leutnant, keinen General! Ein teutscher Platzmeister, ein teutscher Feldmeister über dem teutschen Wachtmeister, neben dem teutschen Hauptmann und Obersten, um fränkische Unzucht über die teutsche Scheide hinauszujagen! Anjetzo die zweite Frage: warum dient der Sohn eines teutschen Mannes unter den Söldlingen des Unterdrückers?«

»Weil er seinem Kriegsherrn Treue geschworen hat, Herr Magister,« versetzte Hermann.

»Warum schwur er ihm Treue, da er frei und jener von der Vergötzung geblendet war? Warum entfleucht er nicht heute unter das Banner seiner teutschen Brüder?«

»Sie predigen Emeute, teutscher Mann!« rief der Hofrat, während Hermann schwieg.

Der lange, hagere Magister Storch warf einen grimmigen Blick auf den kurzen, rundlichen Franzosenfreund, fuhr jedoch, ohne sich stören zu lassen, gegen den Studenten gewendet fort: »Und Ihr junges Blut, tragt Ihr ein teutsches Schwert zu eitlem Prahl? Wie lange wollen teutsche Jünglinge ihren Müttern noch müßig in den Kloßtopf gucken? Ist es an der Zeit über den Gesetzbüchern des ausländischen Altertums zu klauben, derweil das Recht Eures Vaterlandes mit Füßen getreten wird! Fort mit den Grübelfängen! Feuerschlünde sind die Lösung! Auf, Hermann! kein teutscherer Name! Auf, Wille! kein teutscherer Seelensinn! Auf, Hermann Wille; Teutschlands große Stunde hat angehoben!«

Nach diesem Aufruf, der von der Feuerspritze, wie von einem Katheder herab, umringt von gaffenden Knechten und Mädchen, unter dem begleitenden Geblök der heimkehrenden Schafherde gedonnert worden war, gab Magister Polykarpus Storch noch einen mächtigen Wasserstrahl zum besten, vor welchem die beiden Besucher lachend nach dem Hause flüchteten. Ein Diener in einfachem, bürgerlichem Anzug wies sie in ein Gemach, das geräumig, gewölbt, mit gebräuntem Eichenholze ausgelegt und ausgestattet war, aber wie die Gärten jeglicher Zierat und selber der Bequemlichkeit von Teppichen und Polstern entbehrte. Das Fräulein, das augenblicklich beschäftigt sei, sollte hier erwartet werden.

Sie fanden den alten Prediger des Dorfes vor, einen Bekannten des Hofrats, und erfuhren von ihm die gestrige kriegerische Einleitung in aufklärendem Zusammenhang, während dieser Mitteilungen trat Fräulein Erdmuthe ein mit heiterem Anstand und von der Bewegung geröteten Wangen.

Der Hofrat eilte ihr entgegen, unter zierlicher Verbeugung ihre Hand an seine Lippen führend und sichtlich selbst befriedigt von einem Impromptu, in welchem Mademoiselle Courage als deutsche Kriemhild gefeiert ward. Die denkwürdige Begegnung auf dem Freienhügel war damit aufs Tapet gebracht.

»Ich sah Ihren Helden nicht zum erstenmal,« versetzte das Fräulein ruhig, »war ich doch zufällig in Ihrer Stadt, Herr Hofrat, als er sie im Fluge berührte nach dem schmachvollsten Frieden, der jemals in Deutschland geschlossen worden ist, und fühle ich heute doch noch eine brennende Scham in der Erinnerung an jene weißgekleideten Jungfrauen, arglose Kinder, die von ihren Vätern und Müttern dazu hergegeben worden waren, den Triumphator mit Blumenketten festzuhalten und ihn huldigend zu begrüßen mit

Gemeinplätzen in stockernder Sprache, welche die Kinder selbst nicht verstanden, und der, welchen sie ehren sollte, noch viel weniger verstanden haben würde.«

Der Herr Hofrat schlug einigermaßen verlegen die Augen nieder.

(Er war von seinen Mitbürgern als Dichter jener schwungvollen französischen Huldigungsverse, die Fräulein Muthchen Gemeinplätze nannte, bezeichnet, sagen wir gepriesen worden, obgleich er die Autorschaft späterhin verleugnet hat, die Verse auch nicht in seinen gesammelten Werken aufgeführt sind.

»Es gefiel mir an Ihrem Helden,« so fuhr Fräulein Muthchen während dieser unserer Parenthese fort, »daß er den knechtischen Empfang nicht annahm, die huldigende Absicht durch keinen freundlichen Blick lohnte und, während sein Mameluck vom Bocke herab das Publikum mit Knutenhieben auseinander trieb, sonder Gruß mit der Sturmeseile seiner acht Rosse von dannen stob, verfolgt von dem Blumenregen der jubelnden weißen Kinder.

Und dann sah ich ihn wieder, es sind jetzt vier Monate, im Morgengrauen einer bitter kalten Dezembernacht. Ein Pferd vor seinem Schlitten war nahe meinem Tor auf der glatten Schneebahn gestürzt und der Postillion gekommen, es bis zur Stadt durch eines der meinen zu ersetzen. Er ahnte nicht, für wen er die Aushilfe in Anspruch nahm, und ebenso ahnungslos begleitete ich ihn, in der Absicht, einem bei der nächtlichen Fahrt Durchkälteten während des Aufenthalts einen erwärmenden Trunk anzubieten. Und ich erkannte den bleichen, in sich versunkenen Mann auf den ersten Blick, ein Marmorbild heute wie damals und kaum ein Wechsel zwischen den Mienen des Siegers und denen des Vernichteten.

Aber mich erbarmte des Mannes, der den grausigen Untergang einer Million von Menschenleben auf seinem Gewissen hatte, und ich flehte zu Gott, daß er seiner Seele gnädig sein möge.

Heute aber, wo er mir aufgerichtet zu neuen Freveltaten gegenüber stand, Auge in Auge, in solcher Nähe und Ruhe, heute zitterte ich, und ich – –«

»Gestehen Sie es nur, mutige Kriemhild,« fiel der Hofrat lächelnd ein, »gestehen Sie es nur: hätten Sie einen Dolch in Ihrem Gürtel getragen, ein Schwert unter dem faltigen Gewand, so würde Deutschland eine Judith oder Corday zu verherrlichen haben.«

»Heiland der Welt, welch ein verbrecherischer Scherz!« rief erbleichend der alte Pfarrer, das Fräulein aber entgegnete ruhig, indem sie den Spötter mit einem Blicke tiefer Verachtung maß: »Und was bliebe denn euch Männern, wenn die Weiber eure Tyrannen meuchlings ermorden wollten?«

Der Hofrat brach den mißlichen Gegenstand ab, indem er seinen Reiseunfall erzählte und der Dame seinen jungen Begleiter vorstellte. Sie begnügte sich mit einem flüchtigen, stummen Gruße gegen ihn und wendete sich dann rasch zu dem Prediger, dem sie mit den Worten die Hand reichte: »Daß ich über dem bösen Feinde den werten Freund versäumen mußte! Ich habe Sie warten lassen, Herr Pfarrer – –«

»Ich wartete gar gern, Fräulein Erdmuthe, von diesem Fenster aus Zeuge Ihres geschäftigen Waltens,« versetzte der alte Herr. »Die Sorge um Sie nach der gestrigen Schreckensszene hat mich heraufgetrieben.«

»Nun, wir sind ziemlich heil davongekommen, wie Sie sehen, und das Dorf im Tal ist ja gottlob! völlig unberührt geblieben, wenn Sie mich aber etwa von hier fortnötigen wollen, alter Freund, so sparen Sie sich die Worte, sie würden vergeblich sein.«

»Ich weiß es, denn ich kenne Sie,« versetzte der Pfarrer. »Ein Wunsch jedoch liegt mir noch auf dem Herzen – –«

»Frisch heraus!« rief das Fraulein munter, »warum stocken Sie? Was soll ich, was kann ich– –«

»Helfen wie immer, edle Erdmuthe; die Brüdergemeinde in Herrenhut, der Ihre selige Frau Mutter so von Herzen zugetan war, hat den edlen Salinendirektor von Hardenberg und mich durch ihn mit einer Sammlung beauftragt, zum Zweck der Ausrüstung etlicher opferwilliger Sendboten, die das Licht des Evangeliums an den eisigen Pol, in Grönlands Steppen, unter verwahrloste Menschenkinder zu tragen bereit sind. Ein Scherflein für die heiligste Sache, fromme Erdmuthe!«

Sie stand eine Weile schweigend, mit niedergeschlagenen Augen, dann entgegnete sie ernst: »Das Nein wird mir schwer, um das Andenken meiner Mutter willen, um Hardenbergs und auch um Ihretwillen, verehrter Freund, aber ich habe kein Geld.«

»Erdmuthe!« rief der Pastor vorwurfsvoll.

»Nein, ich habe kein Geld,« wiederholte sie entschieden. »Keines für diesen Zweck. Jetzt nicht; vielleicht später. Ich weiß, was Sie sagen wollen. Ich bin reich, aber zu arm für unsere Not. Das Nächste voran bei allem Tun, auch beim Wohltun! Heißen Sie Ihren opfermutigen Sendlingen ihrem Vaterlande zum Frieden helfen durch das Schwert und kommen Sie zu dieser Ausrüstung in mein Haus, alles was es enthält, wird Ihnen zu Gebote stehen. Erst den armen Lazarus vor der eignen Tür, dann den Bedürftigen vor der fremden. Der arme Lazarus aber vor unserer Tür, das ist das deutsche Volk, das mit Schmach und Wunden bedeckte, an seinen Sünden kranke, mißhandelte deutsche Volk. Bis es heil und frei geworden, keine Ruhe Tag und Nacht; unser Dichten und Trachten, unser Darben und Sparen, Gebet und Arbeit für dieses Volk, den letzten Heller, den letzten Bissen für unser Volk.«

Alle standen bewegt dem eifrigen Mädchen gegenüber, dessen reine Züge ein schräg in das dunkle Zimmer fallender Strahl der untergehenden Sonne verklärte. Aus des Predigers Blicken schwand die Empfindlichkeit, der Sarkasmus von den Lippen des Dichters. Hermanns Augen füllten sich mit Tränen. »Den letzten Blutstropfen für unser Volk!« rief er, als sie geendet hatte, indem er überwältigt zu ihren Füßen stürzte.

Das Fräulein blickte mit warmer Freude zu ihm nieder, reichte ihm dann die Hand, um sich zu erheben, und sagte nach kurzem Sinnen: »Wir sehen uns, wenn mir recht ist, nicht zum erstenmal.« Und als Hermann sich zustimmend verneigte, fuhr sie fort: »Ja, ja, nun weiß ich Bescheid. Sie standen, noch ein Knabe, am Grabe meiner Mutter, Sie hatten Tränen im Auge und trugen Trauerkleider wie ich.«

»Ich hatte meinen Vater verloren,« versetzte Hermann und erzählte darauf, von ihrem freundlichen Anteil ermutigt, daß er heute zum erstenmal wieder dieses Weges gekommen sei, um die Zustimmung seines Vormundes zu dem Entschlusse, der deutschen

Sache unter Lützows Banner zu dienen und ein kleines väterliches Erbteil zum Zwecke seiner Ausrüstung einzuholen.

Der Pfarrherr nahm nach dieser Mitteilung warnend das Wort.

»Ihr Entschluß kommt zu früh,« sagte er.

»Er kommt zur rechten Stunde,« wendete das Fräulein ein.

»Zu rechter Stunde!« bekräftigte der Student.

»Nicht also junger Mann,« entgegnete der Greis. »Ihr Vormund, mein lieber Amtsbruder, ist mein Freund. Ich darf in seinem Namen reden. Noch ist Ihr König Frankreichs Bundesgenosse – –«

»Und Ihres Vaterlandes Widerpart,« rief Erdmuthe.

»Sie sind ein Sachse, Hermann Wille,« gegenredete der Prediger.

»Ich bin ein Deutscher!« sagte der Student.

»Ihr Bruder ist sächsischer Offizier; wollen Sie ein Brudermörder werden?«

»Soll er müßig und feige sein Vaterland morden sehen?« fragte das Fräulein.

»Er soll warten, bis Gott entschieden hat,« versetzte der Pfarrer.

»Bis es zu spät ist,« rief Erdmuthe, »bis die große Sache an kleinlichen Bedenken gescheitert ist. Wehe über uns, daß keiner, ja keiner mit reiner Hand und freiem Herzen dieser Sache dienen darf! Schlingen hier und Widerhaken dort! Es gilt einen Entschluß, eine rasche Tat, keiner darf zögern, keiner sich entziehen. Nicht der Höchste, nicht der Geringste; nur alle vermögen's. Alle müssen sühnen, was alle gesündigt. Stehen alle zusammen – –«

»Und steht Gott wider Euch, was hilft Euer Rennen und Jagen?« wendete der Prediger ein. »Hören Sie ein Beispiel, das in einer Chronik dieser Gegend aufgezeichnet ist.«

»Paßt es auf unseren Fall?« fragte Fräulein Muthchen einigermaßen bedenklich.

»Es ist wie für ihn geschaffen,« versetzte der geistliche Herr.

»So teilen Sie es mit.«

»Vor vielen, vielen Jahren ereignete sich mitten im Maimonat, als die Fluren schon grün und die Bäume voller Blüten waren, ein gewaltiger Schneefall, schier wie ein Wunder. Etwelche gottlose Leute zeterten und fluchten ob ihrer vereitelten Hoffnungen. Sie schüttelten den Schnee von ihren Bäumen, fegten ihn von ihren Feldern und glaubten sich geholfen zu haben, weil sie das Übel verschwunden sahen. Allein, siehe da! nach wenigen Tagen standen ihre Saaten erfroren und ihre Reiser kahl, während die ihrer gelasseneren Nachbarn, unter der rauhen Decke geschützt, in Üppigkeit sproßten und weiterblühten.«

»Der Schnee schmilzt, aber Ketten müssen gebrochen werden,« unterbrach ihn das Fräulein ungeduldig. »Der Natur sollen wir uns unterwerfen. Gegen Menschen haben wir einen Willen.«

Rascher Hufschlag vom Hofe herauf machte ihre Rede stocken. Alles stürzte an die Fenster. »Der General!« rief das Fräulein mit einem jachen Erröten. Sie eilte nach der Tür, durch welche in der nächsten Minute, von Magister Storch eingeführt, ein Militär in großer russischer Uniform, die Brust mit Orden und Ehrenzeichen bedeckt, in das Zimmer trat. Der nämliche, der längere Zeit der Quartiergast dieses Hauses gewesen war.

»Ich komme, Sie zu warnen, Gnädigste,« sagte er, indem er des Fräuleins Hand an seine Lippen zog. »Hat es gestern vorgespukt, bald, vielleicht morgen schon kommt es ernsthaft zum Klappen. Ihr Gut, Ihr Leben vielleicht sind bedroht.«

»Dank, Exzellenz,« versetzte Erdmuthe herzlich, aber ruhig. »Gott mag es gnädig fügen.«

»Aber Sie, Exzellenz, Sie sind in Gefahr,« flüsterte heranschleichend der alte Pfarrer. »Er, der Kaiser ist in der Nähe, kaum eine Stunde, daß er in dieser Gegend rekognoszierte.«

»Ich weiß es, würdiger Herr,« antwortete laut der General. »Indessen auch wir rekognoszieren, und Kosakenpferde traben rasch.« Gegen die Dame gewendet, setzte er darauf hinzu: »Wer mag sagen, nach welcher Richtung die nächste Stunde uns treibt? Doch mochte ich nicht ohne Lebewohl aus der Nähe eines Hauses scheiden, dessen edle Gastfreundschaft mich nahezu mit meinem einstigen Vaterlande ausgesöhnt hat.«

»Exzellenz sind, wie Ihr Name allerdings andeutet, ein geborener Deutscher?« fragte der Hofrat, der den General flüchtig hatte kennenlernen und den Verkehr mit berühmten Leuten, wenn sie auch Feinde hießen, hoch hielt.

»Ich war ein Deutscher, bevor ich mich schämen mußte, es einzugestehen,« erwiderte der General mit einem scharfen Blick auf den Dichter.

»Und an dem Tage, wo Sie sich nicht mehr schämen werden, es einzugestehen, werden Sie dann wieder ein Deutscher sein, Exzellenz?« fragte das Fräulein.

»Nein,« antwortete der Herr; »ich habe ein mächtiges und einiges Reich als Vaterland schätzen lernen, und mächtig und einig wird Deutschland niemals werden, auch wenn es sich mit unserer Hilfe von seinen gegenwärtigen Ketten befreit.«

Es entstand eine Pause, in welcher keiner eine gewisse Bewegung zu bergen vermochte; am wenigsten Erdmuthe, welche die Augen zu Boden geschlagen hatte und nicht rot, sondern bleich geworden war. Doch war sie die erste, die sich zu einer Wendung des Gespräches sammelte und sogar mit einem Anflug von Schelmerei auf ihren Hausmeier deutend sagte: »Ich merke es meinem alten Freunde an, daß eine Anklage auf seinem Herzen brennt. Eine Anklage wider Ihre neuen Landsleute, Exzellenz. Bringen Sie Ihre Sache an, Vater Storch. Ich werde zeugen.«

»Und ich hören und richten,« versetzte lächelnd der General.

Magister Polykarpus Storch trat dem russischen Herrn mit gemessenen Schritten gegenüber und hob mit feierlichstem Ernste an: »Hoher Feldmeister! Ich hielt heute morgen im Geleit meiner edlen Gebieterin einen Umritt über das Kampffeld des gestrigen Tages, in der Absicht, nach Verwundeten auszuspähen, welche etwa am Wege oder in den Dörfern ohne Pflege liegengeblieben seien. Da, jach wie ein Wetter, fielen zwei Mitglieder Eurer unregelmäßigen Söldnerschar, hoher Feldmeister, gleichwie eine Räuberbande über mich her. Sie zerrten das Schuhwerk von meinen Füßen und trafen Anstalten mich noch anderweitig zu entblößen, dafern nicht dieses edle Fräulein voller Mutes herangesprengt wäre, das Schwert an meiner Linken aus der Scheide gezogen und die Jüffbuben in die Flucht gescheucht hätte.«

»Tapfere Amazone!« rief der General, herzlich lachend.

»Es kam nicht zum Blutvergießen, Exzellenz!« versetzte das Fräulein, gleichfalls lachend. »Ihre beiden Helden setzten davon gleich Hasen beim bloßen Anblick meiner graulichen Figur.«

»Sie werden Sie für einen rächenden Engel gehalten haben,« sagte der General galant, und Magister Storch, welcher die Schlußfolgerung seiner Anklage noch nicht gezogen hatte, fuhr fort: »Es ist nicht um den Verlust meiner Schuh', hoher Feldmeister, wir haben deren zu Hunderten in unseren Truhen bereitliegen, und nicht bloß Schuhe; hohe Stiefel von starkem Rindsleder, mit Zwecken beschlagen, desgleichen Hemden und Fußlappen, so in den Jahren des Harrens für unsere Befreier gefertigt worden sind. Befehlen der hohe Herr, so wird ein etwaiger Bedarf für den eigenen Leib ihm ohne Säumen ausgeliefert werden. Desselbigengleichen würde es mir, käme es darauf an, ein Leichtes sein, nicht nur barfüßig, sondern in noch weiter mangelnder Bekleidung als Verfolger hinter dem welschen Feinde bis in sein gottloses Babel dreinzutraben. Ich bin kein Weichling, edler Feldmeister. Es ist lediglich um das Recht und um die Zucht. Der Dienst der heiligen Freiheit in teutschen Gauen soll nicht mit Straßenraub seinen Anfang nehmen.«

Magister Storch hatte geredet; die Zuhörer lachten und das Crimen des Straßenraubes schien als Späßchen im Sande zu verlaufen. Fräulein Muthchen fühlte sich jedoch bewogen, die Anklage ihres Hausmeiers wieder aufzunehmen.

»Er hat recht, Exzellenz,« sagte sie. »Es ist ein Beispiel von vielen, wir geben willig unsere Stiefel, aber wir wollen unsere Schuhe uns nicht nehmen lassen.«

»Der Herr Magister wird seine Schuhe wieder erhalten und der Kosak die Knute,« entschied der General.

»Die Knute?« rief das Fräulein purpurrot.

»Die Knute!« wiederholte der andere.

»Wir begnügen uns mit den Schuhen, Exzellenz.«

»Schuhe und Knute sind nicht zu trennen, Fräulein.«

»So verzichten wir auf die Schuhe und Exzellenz auf die Knute.«

»Herr Storch erhält seine Schuhe und der Kosak die Knute.«

Das Fräulein war an das Fenster getreten. Eine zweite Pause entstand. Der russische Herr unterbrach sie mit den Worten: »Es ist Zeit zum Aufbruch. Für Sie zunächst, Gnädigste. Suchen Sie heute noch Leipzig zu erreichen.«

»Hof und Herd verlassen, Gott bewahre mich!« versetzte das mutige Fräulein.

»Eine Dame allein in diesem einzelstehenden Haus! – ich wiederhole Ihnen, Sie sind bedroht.«

»Nicht mehr bedroht, Exzellenz, als meine Schaffnerinnen und Mägde oder die Weiber meines Dorfs. Ich bleibe.«

»Hochherziges Kind!« rief der General, indem er der Dame zum Abschied die Hand drückte. »Sie hätten eines Soldaten Frau werden sollen.«

»So Gott will, werde ich auch noch eines Soldaten Frau, Exzellenz,« sagte das Fräulein.

»Ihr Ernst, Freiin von Kettenloß?«

»Mein ernstlicher Wunsch, Herr General.«

»Ich nehme Sie beim Wort, schöne Erdmuthe. An dem Tage, wo ich Ihnen freier als heute gegenübertreten darf – –«

»Das heißt: an dem Tage, wo ein deutscher Mann sich nicht mehr seines Vaterlandes zu schämen braucht und ein deutsches Mädchen ohne Erröten einem deutschen Manne ins Auge blicken darf – –«

»An dem Tage wollen Sie einem braven Soldaten die Werbung gestatten?«

»An dem Tage werde ich einem braven *deutschen* Soldaten meine Hand reichen.«

»Topp! Schlagen Sie ein. Ich halte Sie beim Wort, Erdmuthe.«

»Ich schlage ein und halte mein Wort, General.«

Hermann hatte während dieses Zwiegesprächs in lebhaftem Kampfe gestanden. Als jetzt der Russe nach der Tür schritt, trat er ihm entschlossen in den weg und sprach: »Ich war im Begriff, Exzellenz, unter Major Lützow preußische Dienste zu nehmen – –«

»Halten Sie ein, junger Mann,« unterbrach ihn der Pfarrer, indem er seine Hand ergriff. »Noch sind Sie nicht Ihr eigner Herr. Ihr Vormund – –«

»Ihr Herz ist Ihr Vormund, Hermann Wille!« rief das Fräulein. »Lassen Sie sich nicht beirren Die Stunde drängt. Nehmen Sie mein Pferd. Folgen Sie dem General.«

»Folgen Sie mir, mein Herr,« sagte der General. »Rußland und Preußen kämpfen unter einem Banner. Ich nehme Sie mit doppelter Freude in unseren Dienst als einen Rekruten, den Fräulein Erdmuthe für die Sache der Freiheit geworben hat.«

»Ich folge Ihnen, mein General,« sagte der Student.

»Gott befohlen!« rief das Fräulein, seine Hand drückend.

In wenigen Minuten sprengten General und Rekrut aus dem Tore. Die drei Zeugen des Paktes waren ihnen gefolgt und blickten ihnen nach, bis sie gen Süden hin ihren Augen entschwunden waren. Da just der zerbrochene Wagen auf der Straße sich näherte, empfahl sich auch der Hofrat, um die Heimreise fortzusetzen.

Am anderen Morgen, dem ersten des Wonnemondes, war der Hausmeier aus dem Siedelhofe verschwunden. Die Dame wußte, wohin es ihn gezogen hatte. Es war ein Tag der Spannung, wie sie noch keinen erlebt; ein Tag der Probe. Draußen Gewühl und Bewegung; innerhalb der alten Mauern aber alles still und in gewohntem Gang.

In unabsehbaren Reihen zog die französische Armee den Ebenen von Leipzig zu, in denen die Entscheidungsschlacht erwartet wurde. Von ihrer Warte aus sah Fräulein Erdmuthe den Kaiser, an der Spitze des Korps von Ney, die Straße vom Tale aufwärts reiten. Kaum daß er ihren Augen entschwunden war, drang ein lebhaftes Feuer aus der jenseitigen Wiederabsenkung herauf. Ein Zusammenstoß hatte stattgefunden. War es mit dem vorgeschobenen russischen Korps, an dessen Spitze der erste Mann stand, welcher Erdmuthe den Eindruck eines Helden gemacht? mit dem Korps, dem sie einen deutschen Rekruten geworben hatte? Das Getümmel wogte aufwärts bis auf ihren eigenen Grund; sie hätte die Kämpfenden unterscheiden können; aber die Kugeln sausten um sie her, sie mußte sich in das Haus zurückziehen.

In solchem Spannen werden Minuten zu Stunden; noch aber war keine wirkliche Stunde abgelaufen, als eine Bahre in den Hof getragen und ein Schwerverwundeter zu ärztlicher Untersuchung in die Wohnhalle niedergelassen wurde. Nein, nicht ein Verwundeter, ein Toter. Erschüttert blickte Erdmuthe in die starren Züge des Mannes, der gestern, dem Kaiser zunächst, ihr in aller Lebenskraft gegenübergestanden hatte.

Wieder eine Stunde später, und mit einem Leintuche aus Erdmuthens Truhen verhüllt, in ihrem eigenen geschlossenen Wagen wurde die Leiche des Herzogs von Istrien aus dem Hofe gefahren; das erste große feindliche Opfer in dem Ringkampfe um Deutschlands Befreiung, und eines der edelsten! Daß sein Begegnen die heranziehenden jungen Truppen nicht als schlimmes Vorzeichen wankend mache, wurde langsamen, mühsamen Schrittes ein Seitenweg nach der Stadt eingeschlagen. Der erste Feind im Siedelhofe war ein Toter.

Aber nicht der letzte. Kaum daß das sich in die Ferne ziehende Gefechtsfeuer verhallt war, lange, bevor der Tag sich neigte, lag das Gut, das Dorf, lagen alle Ansiedlungen im weiten Umkreis mit feindlichen Truppen überfüllt, Szene auf Szene drängte sich. Erdmuthe hatte nicht mehr Zeit, zu sinnen und zu rasten.

Mit grauendem Morgen zogen die Franzosen ab; andere folgten vom Tale herauf, am Gute vorüber, weiter gen Osten. Gegen Mittag aber wurde die Straße still, nur in des einsamen Mädchens Brust klopfte das Herz zum Zerspringen.

Es war ihres Vaters Geburtstag, der 2. Mai; wann würde sie einen Kranz auf seinen Hügel legen, ein Kreuz mit dem Namen Kettenloß darauf errichten dürfen?

Sie stieg zum Freienhügel hinauf und blickte über die maienblühende Gegend, die noch vor einer Stunde eine wimmelnde Menschenwoge gewesen war und jetzt ausgestorben schien. Die Arbeiter waren von den Feldern entflohen, selbst der Schäfer hatte seine

Herde nicht ausgetrieben. Aber das Gewitter war an ihrem Hause vorübergezogen, sollte der Tag vergehen, ehe es sich entlud?

Zum erstenmal im Leben empfand die tätig Gewöhnte eine unruhige Langeweile, eine bängliche Leere, eine stumme Angst. Sie ging nach dem Hofe zurück. Kein Geschäft wollte ihr gelingen; sie sehnte sich nach einer Menschennähe, einer Kunde. Sie dünkte sich selber nicht mehr die alte Erdmuthe, sondern ein nervenschwaches, aufgeregtes Kind. Halb gedankenlos ging sie endlich nach dem Hügel zurück und sank abgespannt auf dem Steinblock vor demselben nieder.

Plötzlich wurde unter ihren Füßen der Boden wie durch ein Erdbeben erschüttert; grollender Donner zitterte durch die Luft. Ein elektrischer Schlag führte das stockende Leben in Erdmuthens Pulse zurück; sie sprang auf den Stein und spähte über die baumlose Ebene. Dort im Südosten dampften und dröhnten die Feuerschlünde. Das war kein Scharmützel wie in den verwichenen Tagen; das war die Schlacht, die heißersehnte Entscheidungsschlacht, in deren Erwartung der teure Mann, der da unten schlief, seine Augen geschlossen hatte. Sie sank auf ihre Knie und betete laut.

Dann ging sie, die Hand gegen die Brust gepreßt, nach ihrem Hause zurück. Nun galt es zu handeln; mit sicherem Blick und sicherer Hand führte sie ihr Geschäft. Jeder Nerv war gespannt, sie hätte zu Pferde steigen und sich unter die Kämpfenden stürzen mögen.

Der Nachmittag verging unter rastlosem Hin und wieder zwischen Haus und Höh! Auf der Straße wurde es lebendig wie am Morgen. Adjutanten sprengten talab; die noch zurückstehenden Truppenteile zogen im Eilschritt bergauf. Mächtige Feuerstätten loderten am östlichen Horizonte auf; unaufhörlich dröhnten die Kanonen, knatterten die Gewehre; eine neue Kampfesstätte schien sich gegen Norden hin aufgetan zu haben; der Abend dämmerte, und noch immer keine Rast.

Da auf einmal im Halbdunkel kam ein düsterer, schleichender Zug die Heerstraße entlang und immer näher und näher drang ächzender Weheschrei. Die verstümmelten Opfer der Schlacht! Die Bauern des Dorfes, die in ängstlicher Neugier sich auf der Höhe gesammelt hatten, eilten mit dem Hausgesinde entsetzt in den Hof zurück und verriegelten das Tor. Das Fräulein stand allein, oben auf ihrer Warte. Und immer näher kam die Wagenreihe, wie eine schwarze Schlange sich den Talweg zur Stadt hinabwälzend, und immer lauter wurde das Gewimmer, und aus der Ferne drang noch immer das Grollen der Geschütze und der verwüstende Flammenschein. Die Bauern flohen nach dem Dorfe zurück, die Mägde flüchteten in die Keller und selber die Knechte verstopften ihre Ohren vor dem unerträglichen Gewinsel. Auch Erdmuthe stand mit verhülltem Gesicht. Das war die Schlacht, die erste Tat nach der Ermannung ihres Volks, in deren Ersehnen man sie zu leben gelehrt hatte! und das war der Preis, den der Feind gezahlt! Sie sah nur französische Eskorten. Wo waren der Freunde Opfer? Wo war ihr alter Lehrer, wo ihr Held, der General? wo der Jüngling, den sie vielleicht zum Tode geworben hatte? Und auf welcher Seite war der Sieg?

Sie hatte keine Zeit, diese Fragen auszudenken, ein brüllender Schrei übertönte das Gewinsel. Fluchende, kreischende, befehlerische Stimmen drangen über die Mauer in den Hof, nach welchem Erdmuthe zurückgeeilt war. Sie ließ das Tor öffnen und trat, von den Knechten gefolgt, hinaus. Ein Wagen war auf der holprigen Straße umgestürzt; die Verwundeten lagen am Boden, gequetscht, von nachfolgendem Fuhrwerk gedrängt; ein zweiter Wagen stolperte über den ersten; es währte eine Weile, bevor ein anderes Gleis eingeschlagen ward. Dann zog man ihrer, so viele noch lebten, unter den Trümmern hervor. Kriechend auf Händen und Füßen, einer den andern führend, geschleift, getragen, füllten sie den Hof; mit der Wut der Verzweiflung entwanden hinter ihnen sich noch manche den überbürdeten, rüttelnden Karren und drängten den vorderen nach. Erdmuthe mußte mit Gewalt das Tor schließen lassen, denn ihr Haus war bis zum Giebel hinauf gefüllt.

Nun auf einmal waren Hand und Fuß in Bewegung, nun galt es Hilfe und Pflege, Mut und Standhaftigkeit diesen jammervollen Menschentrümmern gegenüber, nun ward es wahr, was der Vater eines Tages gesagt: das Krankenbett ist das Schlachtfeld der Frau. Ein junger Arzt der Eskorte leistete unerläßlichen Beistand; auch der alte Pfarrer und sein Sohn, der sein Substitut geworden war, kamen zur Aushilfe herbei; die Seele aller Bewegung aber war Erdmuthe; von unten nach oben, von Lager zu Lager, von Wunden zu Wunden, von Leichen zu Lebenden die ganze Nacht hindurch. Auf dem Kampffelde war es still geworden, auch der Brand der Dörfer war erloschen; nur eine Leuchtkugel, die dann und wann in die Höhe stieg, oder ein Wachtfeuer bezeichnete die Stätte, wo Hunderttausend auf Tod und Leben gerungen hatten, und der erste Tagesblick fiel nieder auf den Zug der Geopferten, die mit gellendem Weheruf noch immer rangen zwischen Leben und Tod. Tausend um Tausende, eine endlose Qual.

Der Morgen schritt vorwärts, ohne daß der Kampf sich erneuerte. Die bänglichste Ahnung beschlich Erdmuthen. Der junge französische Arzt, welcher die ersten Einrichtungen in ihrem Hause geleitet hatte und dann in die Stadt geeilt war, wo nicht Hände genug zur Hilfe bereit sein konnten, hatte ihr einen ohngefähren Überblick über den französischerseits unerwartet entbrannten Kampfesakt gegeben. Als jener aber den Platz verlassen hatte, um aus einem der eroberten, in Brand geratenen Dörfer die Verwundeten zu entfernen, bevor die Preußen das Dorf vielleicht wiedereroberten, war das Gefecht noch unentschieden. Da indessen der Kaiser, welcher Leipzig nahezu erreicht haben sollte, zurückgekehrt war und den Befehl persönlich leitete, auch der Vizekönig mit frischen Kräften von Norden her erwartet wurde, zweifelte der Chirurg nicht daran, daß der Sieg von seinen Freunden errungen werden müsse.

Und auch das Fräulein zweifelte nicht länger daran, als Stunde auf Stunde der Tag in dumpfer Stille zur Rüste ging; hätten ihre Freunde sich behauptet, würden die Feinde auf der Straße, die sie gekommen waren, sich zurückgezogen haben.

Sie hatte einen ihrer Verwalter um Kunde nach dem Schlachtfelde abgesendet, und als er am Nachmittag zurückkehrte, vernahm sie, daß die Verbündeten das südliche der vier von den Franzosen besetzten Dörfer, um welche der Kampf entbrannt war, zwar festgehalten, aber in der Stille der Nacht geräumt hätten, und daß die Franzosen ihnen am Morgen gefolgt seien. In welcher Richtung, mit welchem Erfolg? wer fragte danach in dem ungeheuren Elend der verwüsteten Heimstätten? Die Freunde waren gewichen! Erdmuthe wußte genug.

Spät am Abend trat sie in ihr Zimmer im oberen Stock, das den Blick auf den Freienhügel hatte und das einzige unbesetzte im Hause war. Sie legte sich nieder, aber der Schlaf floh ihr Lager. Sie sprang wieder auf und machte noch einmal einen Rundgang durch das Haus. Die Mehrzahl der Wärter, Diener und Mägde des Hauses oder Bauern aus dem Dorf waren auf ihren Sitzen eingeschlummert; auch dem jungen Substituten, der sie zu überwachen hatte, fielen die Augen zu. Die Kranken, mehrenteils unbärdige Knaben, suchten wenigstens und sehnten sich nach Ruhe; Ordnung und Sauberkeit herrschten überall; nirgend ein Mangel.

Erdmuthe ging in ihr Zimmer zurück; sie öffnete das Fenster. Eine weiche Maienluft, würzige Blütendüfte drangen herein, die Natur wußte nichts von dem Jammer der Menschen, und der Jammer der Menschen wußte nichts von dem Frieden der Natur. Die halbe Scheibe des abnehmenden Mondes zog stilleuchtend gen Westen hin. Die Dorfuhr schlug zwei.

Da auf einmal sah Erdmuthe eine dunkle Gruppe, von einem Feldwege einbiegend, die Landstraße überschreiten und dem Hause sich zubewegen. Das Hoftor wurde beiseitegelassen, längs der Ringmauer langsam hingegangen und vor dem Pförtchen stillgehalten, das vom Hügel in den Garten führte. Vier Männer ließen einen dunklen Gegenstand zur Erde nieder und entfernten sich in der Richtung, von welcher sie gekommen waren. Ein fünfter war zurückgeblieben; aber er stand im Schatten der Mauer. Erdmuthe, soweit sie sich aus dem Fenster biegen mochte und wie sehr sie die scharfen Augen anstrengte, vermochte nicht die Gestalt zu unterscheiden.

Jetzt aber hörte sie ein leises Klopfen an der Pforte, und alsobald trat die Gestalt hinter dem Dunkel der Mauer hervor auf den mondbeschienenen Pfad zum Hügel, ein blitzender Gegenstand wurde kreuzweis in der Luft geschwenkt. Das Fräulein eilte in den Garten, entriegelte das Pförtchen und stand dem Alten gegenüber, der noch immer auf halber Höhe mit dem Säbel winkte, an dessen Griffe ein paar große Schuhe festgekoppelt waren, die bei der Bewegung gegeneinander klapperten.

Während der Hausmeier langsam den Hügel hinabstieg, warf das Fräulein einen Blick auf die Last, welche die Männer geheimnisvoll an der Pforte niedergelassen hatten. Es war eine Bahre, dunkelverhüllt gleich der, welche vor drei Tagen zuerst in das Tor dieses Hauses getragen worden war.

»Still!« raunte der Magister ihr zu. »Es ist ein Freund! Darf nicht gefangen werden, nicht erspäht.«

Leicht wie ein Kind nahm er den Freund, der eine Leiche schien wie jener erste Feind, in seine Arme, trug ihn leise die Treppe hinein in des Fräuleins Zimmer, auf ihr eignes Bett. Nicht ein Laut regte sich im Hause, die nächtliche Szene hatte keinen Zeugen gehabt.

»Den Riegel vor!« befahl der Alte.

Er löste den groben Bauernmantel über der unbeweglichen Gestalt, den Verband von ihrer Stirn; in atemloser Spannung folgte Erdmuthe seinen Bewegungen, mit geschlossenen Augen, von klebendem Blut bedeckt, schattengrau lag vor ihr ausgestreckt der Freiwillige, den sie vor wenig Tagen in Jünglingsblüte für den Dienst des Vaterlandes geworben hatte.

»Tot!« rief Erdmuthe selber totenbleich, indem sie vor dem Lager auf die Knie sank.

»Nur ein Glied,« versetzte der Hausmeier gelassen.

»Wasser her!« rief er darauf; entblößte sonder Bedenken des Jünglings Oberkörper, wusch ihn ab und schickte sich an, aus einem Laken des Bettes, das er ohne Umstände zerriß, einen frischen Verband um den blutenden Stumpf des rechten Armes zu legen.

»Ein Krüppel!« murmelte Erdmuthe schaudernd.

»Nur die Rechte!« entgegnete der Alte mit unstörbarer Ruhe, »wird mit der Linken fechten lernen. Rühmlich geopfert, seinem Feldmeister eine Schutzwehr nicht gegen einen fränkischen, nein, gegen einen teutschen Wüterich. Stand dabei; sah ihn fallen; Rosse und Reiter über ihn hinweg, hui! Der hohe Feldmeister entkam; deckte den Rückzug.«

»Den Rückzug!« flüsterte das Fräulein schmerzlich.

»Kein Baum fällt auf den ersten Hieb,« sagte der Hausmeier gleichmütig. »Gingen zurück, nicht Sieger, nicht besiegt, ehrenvoll, tapfer, teutsche Mannen. Keine Gefangenen, nur der Toten viel. Hohe Helden bluten. Aber auch sie werden leben wie dieser und wieder kämpfen und immer wieder bis zum Sieg, wenn er aber dereinst errungen sein wird, der Sieg, im letzten Kampfe, heldenmäßiger als in diesem ersten wird nicht geblutet worden sein. Den hier pflegt heil, heimlich, daß keiner es merkt. Die Gegend ist Feindes Land zur Stunde noch. Ich zog ihn vor unter Eurem toten Roß; schleppte ihn nach Görschen, das die Unseren behaupteten. Aber es wurde geräumt. Alles kahl, alles wüst. Ein paar aus dem Dorfe halfen gegen Geld und gutes Wort. Trugen ihn weiter in der Nacht, seithalben in den Siedelhof von Poserna. Ich löste das Glied; aber die Frau fehlt im Haus; wer sollte ihn pflegen und bergen? Schafften ihn hierher. Die Reihe ist an Euch.«

Während dieser Erzählung, die in abgebrochenen Sätzen gemacht wurde, waren die Wunden gewaschen und verbunden, belebende Mittel angewendet worden. Die Heilkunst war nicht die geringste der Fertigkeiten, auf welche Magister Polykarpus Storch in den Jahren des Harrens sich vorbereitet. Er hatte bei keiner Sektion in den Nachbarorten gefehlt und schon 1806 in dem großen Spital, zu dem das städtische Schloß eingerichtet worden war, gute Dienste geleistet. Aber alle Hilfe schien hier umsonst; Hermann Wille lag bewußtlos, kalt, ein Bild des Todes.

»Dein Opfer!« klagte Erdmuthens Herz sie an.

Um so wohlgemuter blieb ihr Hausmeier. Daß ein befreundeter Held durch einen teutschen Mann gerettet worden, den seine Herrin auf ihrem Siedelhofe geworben, nahm er fast als einen persönlichen Triumph. Daß dieser teutsche Mann auf dem Siedelhofe genesen werde, stand ihm ebenso außer Zweifel, als daß das gestrige Scheitern nur eine erste Probe gewesen sei und eine starke, gute Probe. Der Sieg fand sich mit der Zeit, und die Opfer zählten nicht für Polykarpus Storch. Das, was Politik genannt wird oder strategische Kombination, wurde auf dem Siedelhofe überhaupt und von seinem Hausmeier insbesondere nicht betrieben. Man hatte sich eine gute Sache in den Kopf und in das Herz gesetzt, und wenn nur recht viele Leute sie sich wie auf dem Siedelhofe in Kopf und Herz setzten, wenn sie dem Ziele zusteuerten, ohne rechts oder links zu blicken, wie hätte da dieses Ziel nicht erreicht werden sollen? »Fort mit den Grübelfängen!« blieb die Losung,

Fast ebensosehr wie die Rettung des Freiwilligen freute Magister Storch die Habhaftwerdung seiner Schuhe, deren Räuber der hohe Feldmeister am Tage vor der Schlacht entdeckt und gebührentlich geknutet hatte. »Einmal unseres Rechts!« sagte Meister Polykarpus, indem er die beiden Schifferkähnen gleichenden, schwarzbraunen Gehäuse gleich einer Trophäe an einem Hirschgeweih über der Tür der unteren Halle befestigte. »Ein Wahrzeichen teutschen Rechts gegen Freund wie Feind. Keinen Schuh, keinen schuhbreit teutscher Erde dem Fremdling in Ost wie West! Recht, rein, frei Teutschland den Teutschen!«

Nach dieser monumentalen Besorgung verzehrte Meister Polykarpus in Gemütsruhe einen halben Schinken, leerte einen Krug Dünnbiers dazu, tat dann ein paar Stunden lang, auf dem Fußboden der Halle ausgestreckt, einen Schlaf, aus welchem kein Schlachtendonner ihn erweckt haben würde, und war gegen Mittag wieder aus dem Siedelhofe verschwunden.

Und nun pflegte Fräulein Erdmuthe ihren Rekruten in der Stille ihrer Mädchenkammer heil, und nur die Getreuesten ihres Hauses teilten ihre Sorge. Sie hatte für sich selbst ein Lager in der Giebelkammer aufschlagen lassen, die ihr Hausmeier sein Lug-ins-Land nannte. Aber sie weilte selten genug darin; jede freie Stunde am Tag und die Hälfte jeder Nacht saß sie allein an des armen Lazarus Bett, lauschte den krausen Träumen seines fieberglühenden Hirns, verband seine Wunden, kleidete ihn und fütterte ihn wie die Mutter ihr Kind. Das, was man jungfräuliche Schämigkeit nennt, regte sich nicht in einer, die für das Schlachtfeld des Weibes erzogen und deren Phantasie nicht auf Liebesabenteuer, sondern auf Heldentaten gerichtet worden war, und das, was böse Nachrede heißt, wurde ihr nicht hinterbracht oder von ihr nicht beachtet. Allmählich ward es still und leer auf dem Siedelhofe; Tag für Tag gab es ein Scheiden. Die einen zogen in Frieden abwärts auf den Ruheplatz unter dem Freienhügel, die anderen mit frischem Mut gen Osten hin, von woher die Runde neuer Siege gedrungen war. Die Freiheit des Vaterlandes schien bedrängter als zu der Zeit, da sie ihr Banner erhoben hatte, und noch immer lag Hermann Wille regungslos und anteilslos in des schönen Fräuleins Kemnate.

Erdmuthens Haltung war ungebeugt, ihr Blick nicht minder sicher, ihre Hand nicht minder rege als am ersten Tage ihrer neuen Pflicht; nur ihre Wange war bleicher, ihr Auge weiter, die Stimme leiser geworden; sie spürte es an sich selbst und verspürte auch den Grund. Schwäche oder Verzagen hieß er nicht; denn obschon fast jeder Tag eine Kunde brachte, welcher die Hoffnung der Guten niederschlug, so klammerte sie sich mit den Besten an ihren Glauben und an den Dienst der Treue im kleinen, aus welchem früher oder später das Große reifen muß.

Allmählich kehrten denn auch ihres Pfleglings Kräfte und Sinne zurück; zuerst die körperlichen samt Schlummer und Appetit; dann die der Seele vom Erinnern bis zum Denken und Wollen. Sobald das Fieber gestillt war, heilten die Kopfwunden rasch und auch der Stumpf des Armes verharschte; denn es war gesundes Jugendblut, das in Hermann Willes Adern floß. Als Anfang Juni Magister Storch in den Siedelhof zurückkehrte, fand er seinen Geretteten kräftig genug, um aus des Alten Munde die Kunde des Waffenstillstandes zu vernehmen und sie ohne Nachteil aufzunehmen, wenn er sie auch schmerzlicher empfand als das Unheil von Lützen und Bautzen, das ihm seine Wärterin schonend verborgen hatte.

Der Alte dahingegen erwies sich auch jetzt nicht als Grübelfang. Sobald das Korn auf dem Siedelhofe geschnitten sein würde, ging es ja wieder los und voran. Er fand den Rekruten hinlänglich heil, um sich in Leipzig eine Lederrechte ansetzen zu lassen und mit der Linken von Fleisch und Bein sich im Fechten und Schießen einzuüben. Die Luft auf dem Siedelhofe war wieder rein, der letzte Welsche abgezogen. An einem warmen Juniusmorgen führte er den teutschen Jüngling hinunter in den Garten, in welchem außer wilden Heckenrosen nur Bohnen und Erbsen blühten, und ließ ihn auf dem Steinblock des Freienhügel allein mit seinen stillen Gedanken.

Hermann hatte während seiner langen Zimmerhaft im Halbzustand der Krankheit unter der lieblichsten Pflege seine Schmerzen mit einer Art Wollust empfunden und sich der wonnevollen Täuschung hingegeben, als könne alles so bleiben für unausdenkbare Zeit. Heute im Freien, erweckt durch den Alten zu dem Bewußtsein der Genesung, überschaute er seine Lage, wie sie ohne Täuschung geschaut werden mußte.

Er war gesund, aber verstümmelt; er war ein Krüppel, aber fähig, seiner Pflicht treu zu bleiben. Er war ein armer Student, und sie, die ihn für den Dienst des Vaterlandes geworben hatte, war die Freiin von Kettenloß, die mit nicht mißzuverstehenden Worten einem erlauchten Führer ihr Wort gegeben hatte. Die schwere Kette von Entsagungen und Entschließungen, welche diese Erkenntnis nach sich zog, ringelte sich um sein Herz. Das erste Glied dieser Kette hieß fliehen; er wünschte, daß ihr letztes Glied sterben heiße. Heiter, die Wangen von Daseinsfreude gerötet, hatte er vor einer Stunde seine Gastfreundin verlassen, um zum erstenmal im Freien wieder Atem zu schöpfen; bleich, mit umflorten Blicken trat er ihr entgegen, als sie ihn jetzt auf seinem Ruheplatz aufsuchte.

Aber es war wie ein kräftigendes Fluidum, das dieses Mädchen ausströmte und einströmte in alle, die ihm nahe kamen; als es jetzt den Rekonvaleszenten mit einiger Besorgnis fragte, ob der erste Ausweg ihn angegriffen habe, da schämte er sich seines Kleinmutes, erklärte, daß er sich so wohl und stark fühle wie vor seiner Niederlage, und setzte dann mit weichem Klang hinzu, indem er der Dame Hand ergriff und an sein Herz drückte:»Danken, edles Fräulein, mit Worten Ihnen danken, vermag ich nicht; aber, will's Gott, Ihnen beweisen, daß Sie dem Vaterlande kein unwürdiges Leben erhalten haben, während die Waffen ruhen, will ich sie üben lernen mit der einen Hand, die ihrem Dienste geblieben ist. Heute, in dieser Stunde noch breche ich nach Leipzig auf. Diese Fußwanderung soll meine erste Übung sein. Mein kleines Erbteil ist mir durch Ihre gütige Vermittlung überwiesen worden. Ich rüste mich aus; habe vielleicht noch Zeit, mir in Leipzig ein künstliches Glied ansetzen zu lassen – wenn nicht, geht es auch ohne das – und suche dann, meinem ersten Plane und dem Worte, das ich meinem herrlichen Körner gegeben habe, getreu, die Lützower zu erreichen, die, wie Magister Storch mich versichert hat, von Süden her der preußischen Grenze zugezogen sind und dieselbe hoffentlich schon überschritten haben.«

Fräulein Erdmuthe hatte während dieser Rede mit ihren großen, klaren Augen unverwendet in die ihres Freiwilligen geblickt, und was sie hinter ihrem feuchten Schimmer verspürt – das wird auf dem letzten Blatte dieser Geschichte zu lesen sein. Jetzt drückte sie dem jungen Manne bloß herzlich die Hand und widersprach ihm nur insofern, als sie in ihn drang, für den Weg nach Leipzig und für seine fernerweitigen Fahrten zum zweitenmal ihr eigenes Pferd anzunehmen.

Eine Stunde später stand Hermann Wille wie bei seinem Einzug im knappen, schwarzen Studentenrock, doch ohne auffälliges Schwertgerassel, zum Ausritt bereit am Tor des Siedelhofes. Magister Polykarpus Storch schnallte fürsorglich die Riemen an seiner Gebieterin Leibpferd fest und richtete an dasselbe wie an eine vernunftbegabte Kreatur eine Standrede, in welchem er es ihm zur Gewissenssache machte, einen wackeren, teutschen Jüngling ohne Bocken und Bäumen durch das Schlachtgetümmel zu tragen. Ein junger Knecht des Hofes, auch ein Geworbener Fräulein Erdmuthens, sattelte an seiner Seite ein Packpferd und schnallte die Ausrüstung, soweit sie aus den Vorräten des Siedelhofes zu beschaffen war, daran fest. Das Fräulein drückte beiden Scheidenden zum Lebewohl stumm die Hand.

Hermanns Blick schweifte noch einmal hinauf zu dem Freienhügel, dessen Eichenbaum jetzt weithin seinen Schatten breitete. Sieben Wochen, fast auf die Stunde, waren es, daß er Zeuge gewesen war, auf dieser Höhe, der Begegnung zwischen dem deutschen Mädchen und dem gewaltigen Italiener, der das einst grimmig gehaßte Frankenreich zum Fußschemel seines ehrgierigen Dranges gemacht hatte, um nun von dort aus, so weit seine Arme greifen konnten, alles, was Vaterlandsliebe heißt, im Herzen der Völker zu ersticken, wie er diese Liebe in seinem eigenen Herzen erstickt hatte, auf daß er der werde, der er geworden war. Sieben Wochen waren es auch, fast auf die Stunde, daß ein Freund und Führer im Kampfe gegen den Tyrannen, ein Held, dem deutschen Mädchen, das er verehrte, ins Gesicht gesagt hatte ohne Scheu, wie er ein Vaterland, dessen er sich geschämt, vertauscht habe gegen eines, das er ehren durfte und dem er treu bleiben werde, sei es auch dereinst als Widerpart dessen, welches ihn geboren.

Und er, Hermann Wille, er selber, der Sohn des sächsischen Pfarrers, hatte er nicht deutschen Brüdern im Kampfe gegenübergestanden? War er nicht durch eines Deutschen Hand zum Krüppel geworden? war er nicht im Begriff, gegen seine nächsten Landesbrüder, ja gegen seinen leiblichen Bruder die Waffe regieren zu lernen?

Die Folge dieser Gedanken, die blitzartig kreuz und quer sein Hirn durchzuckten, war noch nicht ausgedacht, als jach aus der Richtung, von welcher der erste Schlachtendonner gedrungen war, wiederum ein rollender, dumpfer Hall sich am Freienhügel brach. Geschützsalven, Pulverqualm inmitten der Waffenstille! Eine Minute lang standen die Freunde regungslos, von einer furchtbaren Ahnung erstarrt. Dann, ohne ein Wort zu sagen, schwang sich Hermann auf das Pferd und sprengte in der Richtung des Schalles über die Felder. Der Magister trabte auf dem Packpferde des Knechtes hinter ihm drein. Erdmuthe blickte ihnen nachbebend, ja zum erstenmal bebend wie ein schwaches Weib.

Als wir das Skizzenblatt von Fräulein Muthchen und ihrem Hausmeier begannen, geschah es in der Absicht, aus dem Heldendrama jener Zeit eine heitere Szene vorzuführen, und konnte Schauer und Graus auch nicht völlig beseitigt oder mit munteren Farben übertüncht werden, so sei doch jetzt ein Schleier gebreitet über das unheimliche Zwischenspiel, das jene Szene in sich schloß. Es war ausgespielt, lange bevor der Alte und der Junge vom Siedelhof die Stätte erreicht hatten, auf welcher die schmählichste Tat vollbracht worden war, zu welcher deutsche Soldaten durch fremde Gewalt gemißbraucht werden durften: die Stätte der Wehetat an den Lützowern auf der Grenze des Schlachtfeldes von Lützen.

Für Erdmuthen schlich der Tag zur Rüste, bangevoller als selber der jener erster, gescheiterten Schlacht. Die Nacht brach herein ohne Enthüllung des Rätsels. Erdmuthe ging mit großen Schritten längs der Platte ihres Freienhügels auf und ab; dann wieder hinunter in den Hof und immer wieder hinauf zu der Warte, von welcher sich die Gegend am weitesten überschauen ließ.

Als aber der erste Schimmer des Mitsommertags dämmerte, da öffnete eine vertraute Schließerhand das Pförtchen im Garten, und wie in jener Maiennacht stand sie dem alten Freunde gegenüber, der einen Jüngling auf seinen Schultern trug, aber einen, der nicht wieder zum Leben erwachen sollte; einen deutschen Jüngling, aber einen Feind!

»Mein Bruder!« hauchte Hermann, der schwankend an des Alten Seite schritt. »Noch eine Gunst, edles Fräulein, eine höchste! Ein Grab in reiner Erde für den letzten meines Bluts.«

Und als sie ihn auf dem Rande des Friedhofs, den noch der Eichenbaum des Freienhügels beschattete, eingesenkt hatten, da faltete der brave Magister vom Siedelhof seine Hände, und nachdem er den Segen gesprochen, sagte er: »Wäre es der letzte Feind, den ein teutscher Bruder zu Grabe trug!«

Hermann aber erhob sich von seinen Knien und rief: »Nun erst bin ich genesen und gefeit gegen Wehr und Trutz; nun, da nichts mehr mein heißt als dieser eine Arm und das Vaterland.«

»Und ein Freundesherz, das treu Ihrer harren wird bis zu einem besseren Tage!« sagte Erdmuthe, indem sie, warme Tränen in den Augen, seine Hand drückte.

Und dieser bessere Tag, dieser beste deutsche Tag seit Jahrhunderten brach an, noch ehe das Laub der alten Eiche auf dem Freienhügel sich gelb gefärbt hatte. Fast eine Woche hindurch – wer mochte die Tage zählen, die wie Jahre dauerten und Jahre bedeuteten? – hatte gen Osten hin das Wetter gegrollt und die Pausen, in denen es sich zu neuem Ausbruch sammelte, hatten lastender gedrückt als die endlosen Stunden, in denen es sich entlud. Dreimal war in der von Pulverdampf geschwängerten Luft die Sonne untergegangen wie ein glühender Riesenmond. Dann zwei Nächte lang und einen Tag war in tödlicher Hast eine unabsehbare Menschenwoge den Talabhang herniedergedrängt, und zwischen dieser Woge hindurch, zwischen den Menschentrümmern, die verschmachtet, verstümmelt, zertreten, zerquetscht, ächzend oder still für immer die Straße bedeckten, zwischen diesen Opfern seines Hochmuts, der die gegönnte Rettungsstunde verschmähte, war auch »Er« diese Straße zurückgejagt, zum letztenmal, an dem nämlichen Tage, wo er vor sieben Jahren zum erstenmal sie als Sieger betreten hatte. Dort drüben auf den jenseitigen Höhen, wo die Wachtfeuer loderten, da hielt Er seit vierundzwanzig Stunden Rast und Rat allein mit sich selbst; denn Menschenrat hatte dieser Mann niemals gehört, und hatte er jemals den Gottesrat gehört, der aus der Tiefe eines Gewissens spricht?

Im Siedelhof lag wieder jedes Kämmerlein, lagen Scheuer und Stall gefüllt mit Lechzenden und Blutenden aus der Feinde Reihen; aber aller Haß sieben langer Jahre war ausgetilgt; keiner dachte an Ruhe; Fräulein Erdmuthe ging wie auf Federn in der langen, leuchtenden Oktobernacht zwischen dem letzten Feind und dem ersten Freund.

Und dieser erste Freund war der älteste und treueste. »Freiheit!« brüllte Magister Polykarpus Storch mit teutonischer Bärenstimme in das geöffnete Tor des Siedelhofes. »Freiheit!« und noch einmal, »Freiheit!« Dann trabte er weiter an der Spitze der ersten Verfolger, denen er den Weg auf die diesseitigen Höhen zeigte. Kaum eine Stunde später, und die Kanonenschläge des Marschall Vorwärts hetzten die gegenüber lagernden Feinde aus ihrer kurzen Rast, wenige Minuten später loderte die Flußbrücke in die Höhe; ein Halt, das der Kaiser seinem grimmigsten Verfolger gebot; das letzte auf dem Grund des deutschen Fürsten, der des fremden Kaisers treuester Freund gewesen und in dieser Stunde der Gefangene eines anderen deutschen Fürsten war.

Während dieser Verfolgungspause, im Schimmer des weitleuchtenden Brückenbrandes, sprengten zwei Reiter in das Tor des Siedelhofes: der hohe Feldmeister und sein Beigeordneter, Fräulein Erdmuthens Geworbener und Geretteter, der nach der Waffenruhe nicht in Lützows zerstreuter Schar, sondern in den Reihen des schlesischen Heeres seinen Platz gefunden hatte. Braun, verwettert waren die Züge, die blaue Litewka war von Pulver geschwärzt, der rechte Ärmel hing schlaff an der Seite herab, aber das schwarzweiße Ehrenkreuz schmückte die hochklopfende Brust. Im Nu ging's von den Rossen herab und hinein in die Halle, unter der Dame freudig strömende Augen.

»Wort gehalten, Sieg!« rief der General, ihre beiden Hände schüttelnd.

»Freiheit!« jubelte sie, unter halbem Schluchzen und dunkel errötend.

»Und nun ade, Freiin von Kettenloß, und unter die Haube, Frau Demut!«

»Noch nicht, Exzellenz; erst die Friedensglocken.«

»Unser Pakt, schöne Dame?«

»Gilt, tapferer Herr, und soll erneuert werden.«

Sie löste ihre Hände aus denen des Generals und ging sicheren Schrittes auf den Adjutanten zu, der mit niedergeschlagenen Augen und blaß, als hätte er die Befreiungsschlacht verloren, unter der Tür stehengeblieben war. »Lieben Sie mich noch, Hermann?« fragte sie, groß und klar zu ihm aufblickend.

»Erdmuthe!« stammelte er, indem er halb besinnungslos zu ihren Füßen niederstürzte.

»Das ist Verrat!« rief der General.

»Das ist Treue!« versetzte das Fräulein. »Eines deutschen Soldaten Frau sollte ich werden, am Tage, wo Deutschland wieder zu Ehren gekommen sei. So unser Vertrag. Und dies die Ratifikation: mein Herz und meine Hand dem deutschen Manne, der die seine geopfert hat, um das Leben eines befreundeten, fremden Helden zu retten. Hätte ich treulicher wählen können, mein General?«

»Teufelsmuthchen!« rief der General, drückte herzhaft einen Kuß auf ihre Stirn und verließ rasch die Halle. Sein Adjutant folgte ihm nach wenigen Minuten, deren Inhalt geahnt werden möge.

Als aber die Glocken des Friedensfestes läuteten, da führte der General ein glückliches Paar vorüber am Freienhügel zum Altar in dem Kirchlein am Flusse. Der Hausmeier, Herr Magister Polykarpus Storch, welcher den Säbel abgelegt hatte, aber den rückerstatteten Raub des Kosaken als Trophäe an seinen Füßen trug, machte voranschreitend mit ausgebreiteten Armen Platz durch die drängende, jubelnde Menge aus Stadt und Land. Der fromme Pastor hielt die Trauungsrede; der Ruhmesdichter lieferte das Hochzeitskarmen. Der Friedenssyndikus brachte den Trinkspruch aus auf das junge Paar. Auf dem Grabe des Majors lag der erste Blütenkranz, von allen Gesichtern leuchtete die Freude; die Tafeln im Hofe brachen schier von Schüsseln und Kannen, in denen kein Bissen oder Tropfen zurückgeblieben ist, und viele Jahre lang erzählten sich die Leute von dem Friedensfeste unter dem Freienhügel.

Hauptmann Wille hatte das Schwert nicht wieder mit der Feder, sondern mit dem Pfluge vertauscht und nur im nächsten Jahre für etliche Sommermonde wieder aus der Scheide gezogen. Die geopferte Rechte hat er nie vermißt, um der anderen Rechten willen, die er sich durch dieses Opfer eroberte. Der Hausmeier wurde noch einmal zum Herrn Magister und hat sechs stämmige Buben auf dem Siedelhofe großgezogen.

Frau Erdmuthe hätte zu dem Willmut und Helmut und Freimut und Konsorten gar gern eine kleine Demuta gehabt. Aber alles Glück ist nun einmal nicht beieinander, und erst ihr erstes Enkelkind hat das ihrige vollgemacht.

Dem General, dem es gottlob erspart worden ist, die Waffen seines zweiten Vaterlandes jemals gegen das erste zu tragen, ist ein treuer Freund der Leute auf dem Siedelhofe geblieben und manchesmal als wertester Gast in seinen Mauern eingekehrt; eine Frau genommen hat er nicht. Seine Taten, auch in späterer Zeit, sind zu laut geworden, als daß er sie selber im Munde führen sollte, wenn er aber einmal recht guter Laune war, nach einem neuen Triumph oder einem frohen Ehrenmahl, dann erzählte der alte Herr im Kreise der Freunde und unterhaltender als wir es ihm nachgetan, den Streich, den ihm Fräulein Muthchen mit ihrem Rekruten gespielt hat.

Nachwort

Dem fruchtbaren Menschenalter nach den Befreiungskriegen, das uns jene Reihe der Meister lebenstreuer Schilderung von Otto Ludwig bis zu Keller und Fontane geschenkt hat, entstammt auch die Erzählerin Louise v. François. Sie wurde am 27. Juni 1817 in Herzberg an der Schwarzen Elster geboren und gehörte einem Hugenottengeschlecht an, das um 1660 aus der Normandie in Brandenburg einwanderte und zu seinen Gliedern den späteren Generalleutnant Karl v. François zählte, den seine abenteuerlichen Schicksale während der Franzosenzeit bekannt gemacht haben. Dessen älterer Bruder war Louisens Vater, ein schlichter Offizier, der nach dem Feldzug Bataillonskommandeur in Weißenfels und Herzberg war, aber im rüstigsten Mannesalter, noch nicht fünfzig, einem Magenleiden erlag und nach seinem Wunsch (wie Fräulein Muthchens Vater) ohne Sarg, nur mit seinem Soldatenmantel angetan, in die Erde gesenkt ward. Aus Weißenfels hatte er sich die zweite Frau geholt, eine Tochter aus der Tuchmacher- und Tuchhändlerfamilie Hohl, die, mit dem Kreisgerichtsrat Herbst wiedervermählt, seit 1822 im Hohlschen Stammhaus am Markt in Weißenfels wohnte.

Weißenfels ist Louisens eigentliche Heimat und späterhin mit den Licht- und Schattenseiten der Kleinstadt kaum verhüllter Schauplatz mancher ihrer Erzählungen. Hier kommt sie auch in erste Berührung mit Literatur und gesellschaftlichem Leben, denn in dem ehemaligen Residenzstädtchen hat der Schicksalsdramatiker Adolf Müllner – der Hofrat in unserer Novelle – sein Privattheater ins Leben gerufen und die weltkundige Romanschriftstellerin Fanny Tarnow ihre vielbesuchten Leseabende. An einem dieser Abende lernt Louise einen jungen Offizier kennen und lieben, aber der hoffnungsvoll geschlossene Bund wird wieder gelöst, als die Braut sich um ihr leichtfertig verwaltetes Erbe betrogen sieht und Klage führen muß, die, über Jahre hingeschleppt, schließlich abgewiesen wird. Sie folgt nun einer Aufforderung ihres verwitweten Oheims General Karl v. François nach Minden, schließt Freundschaft mit ihrer Base Clotilde (der nachmaligen Frau v. Schwartzkoppen) und den beiden schriftstellernden Damen v. Hohenhausen, Mutter und Tochter, die sie unablässig zu literarischer Tätigkeit ermuntern, und begleitet den verabschiedeten General auch nach Halberstadt und

Potsdam, wo der Tod 1855 seiner bewegten Bahn ein Ziel setzt. Sie machte in jenen Jahren vor dem Beginn des eigenen Schaffens auf alle, die ihr begegneten, einen unvergeßlichen Eindruck durch große Schönheit und eine außergewöhnliche Belesenheit.

Jugenderlebnisse und Überlieferungen, zumal ihrer mütterlichen Vorfahren, angesiedelt in den ihr vertraut gewordenen Gegenden, geben seit ihren frühesten Versuchen mit der Feder das Gerüst ab für ihre Darstellung menschlicher Handlungen und Geschicke, die sie, nach Weißenfels zur Pflege ihrer dahinsiechenden Mutter und des erblindeten Stiefvaters zurückgekehrt, hauptsächlich unternimmt, um ihrer nichts weniger als glänzenden Tage aufzuhelfen. – »In einen einsamen Born, kühl und durchsichtig wie ein Kristall, da ist einmal ein Staubkorn gefallen, das Samenkorn einer Blüte, die niemand blühen sah. Lange, lange Jahre hat es auf dem Grunde geruht, und plötzlich treibt es verwandelt empor, und es trübt sich der klare Spiegel. Aber des Himmels Lichter brechen sich farbig in der verdunkelten Fläche; ein erster grüner Keim drängt über sie hinaus, bald ragt ein Blatt in die Höhe, bald eine blaue Blume von anlockendem Duft; es lebt und webt in dem einsamen Born, es ist Frühling in ihm und über ihm geworden, ringsumher Farbe und Würze, Vogelsang und wärmender Sonnenstrahl. Es klingt wie ein Märchen, was dem alten Born geschah.« Damit soll das Geheimnis ihrer »Letzten Reckenburgerin«: wie die versäumte Natur sich hilft, umschrieben sein, es trifft aber auch auf die Dichterin selbst zu und bezeichnet das Problem fast aller ihrer Werke, ihr Problem: die Stellung eines Einzelnen am Ende einer bisher nicht unterbrochenen Kette – das Fräulein v. François, dessen nächster Blutsverwandter ein unverehelicht gebliebener Bruder war, muß das an sich selbst immer wieder empfunden haben –, eine Stellung, die nun (über persönliche Erfahrung hinaus) den Helden oft in einen Zwiespalt zwischen Pflicht und Neigung führt. Aber zugleich wird der Weg zu einer neuen Entwicklung bereitet. Der Mensch, der wie Fräulein Muthchen durch eine Tat der Liebe die Last unverschuldeter Verhältnisse überwindet, verleugnet darum seine Vergangenheit nicht und bewährt nur nüchternen, unbeirrbaren Sinn.

Louisens erste Arbeiten wurden in den fünfziger Jahren meist im Cottaschen »Morgenblatt« gedruckt, größtenteils ohne Namenangabe; auch Plaudereien und Berichte aus Potsdam und aus der Provinz Sachsen schickte sie in die Welt. Manches ist nur als tüchtiger Unterhaltungsstoff anzusprechen, anderes gelangt hoffentlich noch zu der Geltung, die ihm gebührt; es sind abgerundete, wirklichkeitsfrohe, herzlich anmutende Bilder von echter Künstlerhand darunter. Der Tod des »Morgenblatt«-Herausgebers, Hermann Hauff, zerreißt die Verbindung mit dem Verlag Cotta. Ihr großer Roman »Die letzte Reckenburgerin« (Univ.-Bibl. Nr. 6436-39), der bereits angenommen war, tritt seine Irrfahrten bei Schriftleitern und Buchhändlern an, bis er 1870 in Jankes »Romanzeitung« und 1871 als Buch erscheint, ein Buch, das den Beifall eines Beurteilers wie Gustav Freytag findet, von gebildeten Liebhabern stets geschätzt worden ist und den Ruhm seiner Verfasserin besiegelt hat. – Der »Letzten Reckenburgerin« schließen sich 1872 und 1873 »Frau Erdmuthens Zwillingssöhne«, 1877 die »Stufenjahre eines Glücklichen«, 1879 der köstliche, viel zu wenig gewürdigte »Katzenjunker« an.

Mit ihrer Hardine von Reckenburg ist Louise v. François häufig verglichen worden. Sie hat sich gesträubt, die gemeinsamen Züge anzuerkennen. Ihre Gestalten, besonders die weiblichen, strömen, wie es von Fräulein Muthchen heißt, ein kräftigendes Fluidum aus: voran die Reckenburgerin, dann die Mutter der Zwillingssöhne, Judith die Klubswirtin (in der gleichnamigen Novelle) – überall stößt man auf einen kräftigen Träger der Handlung. Die Nebenpersonen sind scharf gesehen, aber ohne Härte wiedergegeben, eher mit gutmütigem Humor, wie der Hausmeier. Das Ganze wird nicht selten in den Rahmen eines bedeutsamen Weltgeschehens gespannt und so zum historischen oder kulturhistorischen Roman erhoben. Der Zeit der Befreiungskriege hat Louise v. François ein beinahe wissenschaftliches Studium gewidmet und sie gern in ihren Dichtungen erneuert, so in unserer Erzählung. Gelegentlich wird weiter zurückgegriffen, gelegentlich die Begebenheit in die Gegenwart verlegt, deren politische und geistige Bewegungen hereinspielen. Die rote Erde Westfalens, der Dom von Halberstadt stehen neben den Landschaften und Städten, in denen wir die Örtlichkeiten von Louisens sächsisch-thüringischer Heimat, soweit sie nicht benannt werden, meist unschwer erkennen. Die Heimat selbst kommt mit Sitte und Brauch und in mundartlicher Rede ausgiebig zu Wort.

Mit ihrer Kunst, die nach Stoffwahl und Gesinnungsgehalt mit der ihrer Zeitgenossen gleichläuft, gewann Louise v. François im

Alter noch zwei namhafte Freunde, Bewunderer ihres Meisterwerks: Marie v. Ebner-Eschenbach und Conrad Ferdinand Meyer, denen die Art der Norddeutschen Verehrung und Zustimmung abnötigte. Sie hielt den Zusammenhang mit der literarischen Welt von ihrer Weißenfelser Einsamkeit aus mit gut beratenem Geschmack aufrecht. Von allerlei Leiden gequält, starb sie am 25. September 1903.

Dr. Hermann Hoßfeld.

Über tredition

Eigenes Buch veröffentlichen

tredition wurde 2006 in Hamburg gegründet und hat seither mehrere tausend Buchtitel veröffentlicht. Autoren veröffentlichen in wenigen leichten Schritten gedruckte Bücher, e-Books und audioBooks. tredition hat das Ziel, die beste und fairste Veröffentlichungsmöglichkeit für Autoren zu bieten.

tredition wurde mit der Erkenntnis gegründet, dass nur etwa jedes 200. bei Verlagen eingereichte Manuskript veröffentlicht wird. Dabei hat jedes Buch seinen Markt, also seine Leser. tredition sorgt dafür, dass für jedes Buch die Leserschaft auch erreicht wird.

Im einzigartigen Literatur-Netzwerk von tredition bieten zahlreiche Literatur-Partner (das sind Lektoren, Übersetzer, Hörbuchsprecher und Illustratoren) ihre Dienstleistung an, um Manuskripte zu verbessern oder die Vielfalt zu erhöhen. Autoren vereinbaren direkt mit den Literatur-Partnern die Konditionen ihrer Zusammenarbeit und partizipieren gemeinsam am Erfolg des Buches.

Das gesamte Verlagsprogramm von tredition ist bei allen stationären Buchhandlungen und Online-Buchhändlern wie z. B. Amazon erhältlich. e-Books stehen bei den führenden Online-Portalen (z. B. iBookstore von Apple oder Kindle von Amazon) zum Verkauf.

Einfach leicht ein Buch veröffentlichen: **www.tredition.de**

Eigene Buchreihe oder eigenen Verlag gründen

Seit 2009 bietet tredition sein Verlagskonzept auch als sogenanntes "White-Label" an. Das bedeutet, dass andere Unternehmen, Institutionen und Personen risikofrei und unkompliziert selbst zum Herausgeber von Büchern und Buchreihen unter eigener Marke werden können. tredition übernimmt dabei das komplette Herstellungs- und Distributionsrisiko.

Zahlreiche Zeitschriften-, Zeitungs- und Buchverlage, Universitäten, Forschungseinrichtungen u.v.m. nutzen diese Dienstleistung von tredition, um unter eigener Marke ohne Risiko Bücher zu verlegen.

Alle Informationen im Internet: **www.tredition.de/fuer-verlage**

tredition wurde mit mehreren Innovationspreisen ausgezeichnet, u. a. mit dem Webfuture Award und dem Innovationspreis der Buch Digitale.

tredition ist Mitglied im Börsenverein des Deutschen Buchhandels.

Dieses Werk elektronisch lesen

Dieses Werk ist Teil der Gutenberg-DE Edition DVD. Diese enthält das komplette Archiv des Projekt Gutenberg-DE. Die DVD ist im Internet erhältlich auf **http://gutenbergshop.abc.de**

Zeitfracht Medien GmbH
Ferdinand-Jühlke-Straße 7
99095 Erfurt, Deutschland
produktsicherheit@kolibri360.de